— 書き下ろし長編官能小説 —

肉悦のしかえし

葉原 鉄

竹書房ラブロマン文庫

目次

この作品は、竹書房ラブロマン文庫のために
書き下ろされたものです。

第一章　寝取られ男と誘惑美女

藤田星一《ふじたせいいち》はエアロバイクを無心で漕《こ》ぐ時間が好きだった。

全身に汗をかいて、ふくらはぎに乳酸を溜めていくと、頭が空っぽになっていく。嫌なことを考えずに済む。この一年ほどの出来事に思いを馳せると気鬱《きうつ》になってしまう。

だからジムのエアロバイクに乗り、ペダルを漕ぐ。はめ殺しのガラスにただ無心で向かい合う。

ガラスにはジムの風景がうすぼんやりと反射していた。何の気なしに見ているうちに、自然と目が一点に吸い寄せられていく。

「うん、んっ、んん……」

マットのうえでストレッチをする女体があった。

スタイルのいい妙齢の美女である。二十五歳の星一よりすこし上だろうか。体をひねるたびにTシャツが突っ張り、ぴっちりしたレギンスとともに女性的なラインを強調する。

形よく尖った乳房。丸みを帯びた大きなお尻。

腰のくびれもしっかりあって、一度見てしまうと目を離せないのが男心だ。

後ろでまとめた長い茶髪が揺れるのも華やかで、ほんのり心躍る。

「よし、と」

ストレッチを終えて彼女が立ちあがると、均整の取れた体つきがなおのこと強調された。

手足が長く、腰の位置が高い。モデルじみたスタイルにまた星一は見とれてしまう。が、すぐさま緊張に肩をこわばらせた。

彼女が自分のほうにまっすぐ歩いてくるのだ。

視線に気付かれたのか——と肝《きも》を冷やしていると、彼女はとなりのエアロバイクに乗った。

一安心も束《つか》の間《ま》、端整な顔がゆっくりとこちらを向く。やや切れあがった目尻が理知的で付けいる隙のない雰囲気を醸《かも》し出していた。美人だが冷徹な感すらある。理詰めで部下の落ち度を追及する敏腕女上司の風格だ。

「あの……なにか」

「おとなり失礼しちゃってごめんなさい」

突如、彼女の表情がひまわりのように明るく花開いた。

目つきの鋭さが愛嬌に変わるほど快活な笑顔に、星一も自然と肩の力を抜く。

「いえ、どこで漕いでも自由ですし、お気になさらず」

「ありがとうございます。いつもこちらで漕いでいるのですか？」

「そうですね、半年ぐらい前から通ってずっとです。ええと、あなたは……」

「真貴子《まきこ》です」

「どうも、藤田です。真貴子さんはここ長いんですか？」

「今日からです。最近ちょっとお腹に肉がついちゃったので」

「そんなにスマートなのに？」

「服で誤魔化してるだけよ。脱いだら腹筋も浮いてないし」

腹筋が浮いていない程度であれば柔らかみを感じて悪くないと思うのだが。

ふたりはペダルを踏みながら他愛ない会話に興じた。星一にとっては久方ぶりの異性との雑談であり、体とともに心も温まっていく。

「まあ、それじゃあ会社が倒産しちゃって……いまお仕事も？」

「ええ、無職です。いちおうフリーで小さな仕事は受けてるんですが、開業できるほどの稼ぎもなくて、貯金を食いつぶすばかりで」

「将来の不安を運動で発散してるってところかしら」

「あ、それ当たりです。傍目《はため》にわかるものなんですね」

「ただの当てずっぽうよ、真面目なのね」

小さく笑う美女に釣られて星一も笑顔になった。

女性につけられた心の傷は女性で癒《い》やすのが一番なのかもしれない。

「真面目だからそんなに体が仕上がってるのかしら。まだたったの半年でしょ？　それでその筋肉はけっこうなものだと思うのだけど……それとも元々ある程度筋肉がついてたの？」

「いやいや、この半年ですよ本当に。以前はもっとひょろひょろでしたし」

六ヶ月前と違って現在は腹筋も浮いており肩幅も広くなっている。自撮りした写真を見くらべれば、一目瞭然だ。体を作ることに逃避していたからこその見事な仕上がりである。

「でもこの体なら女の子にモテるんじゃない？　ムキムキすぎないし、ちょうどいい筋肉だし」

「いやあ、どうかなぁ。今はそういうのはちょっと……」

「あら、もしかしてフラれたばかりとか？」

「フラれたというか、離婚で」

口を滑らせてすぐ失敗に気付いた。ただでさえ思い出したくない記憶なうえに、ジムでエアロバイクを漕ぎながらする話ではない。

気まずい空気になるのを恐れ、相手が反応するより先に早口でまくしたてる。

「そんな深刻な話でなくて、よくある話なんですよ。妻が浮気してたってだけで。いや、あいつ見てくれはよかったのでモテてたんですよ。というか、もともと俺は本命じゃなかったみたいで。馬鹿ですよね、一年いっしょにいて気付かなかったなんて」

口を開くたびに恥を上塗《うわぬ》りしていく。運動しながらなので脳が働いていないのかもしれない。

なおのこと相手がリアクションに困るのではないか、と思いきや。

「嫌よね、浮気。男でも女でも浮気するような軽薄なのは本当に嫌い！」

吐き捨てる顔にも品があるのは美人ゆえだろうか。

美しすぎる顔に怒りが籠《こ》もると、刃物のような鋭い迫力が醸し出される。

「もしかして、おなじような経験が……？」

真貴子は苦笑し、そして提案してきた。

「愚痴会《ぐちかい》でも開いちゃいます？　ただし小声で」


まずは星一から事情を話すことになった。

「妻とは学生時代に出会ったんです」

きっかけはおなじ講義を受けていた縁《えん》である。

欠席していた日の板書ノートを写させてくれと話しかけてきたのが、学内でも有名な美少女だった。異性との付き合いのすくない星一は浮かれてノートを差し出した。黒板の内容に注釈を加えた事細かなノートが功を奏《そう》し、以降も彼女はたびたび話しかけてくれた。

テストの対策やレポートの協力、果ては恋人へのプレゼントの相談まで。

上島美玲《うえしまみれい》は甘え上手で愛らしく、男にもてる女だった。

そんな彼女が何人目かの恋人と別れたとき、相談に乗っていた星一に甘えてきた。抗《あらが》いようもなくホテルに入って体を重ね、交際がはじまった。天にも昇る気持ちとはこのことである。

大学を卒業し、ＩＴ企業に就職して一年、彼女が甘えた声で言ってきた。

「結婚しよ？　ねえ、しようよぅ」

結婚そのものには異論もないが、できれば仕事が落ち着いてからにしたかった。

だが、多忙な仕事を抱えるならば日常を妻に支えてもらうのも悪くない。さいわい美玲は主婦志望。すこし悩んだが、甘えられるままに押し切られた。

彼女の手作り弁当を支えに日々の激務に耐える日々だった。

自宅に戻ると抱きついてキスをしてくれる彼女が癒やしだった。

しかしそれも最初の三ヶ月程度のこと。徐々に弁当が出ない日が増え、家に帰っても出迎えはなく、ソファでスマホをいじる妻の姿を見るばかり。甘えてくるどころか、話しかけると面倒くさそうに舌打ちすることすらあった。

嫌な予感と不信感に駆られるも、仕事に疲弊して気をまわす余裕もなく——結婚から一年、美玲に緑色の紙を渡されて現実を思い知らされた。

「離婚してよ。もうイヤなの。あなたとの結婚生活って本当に退屈！」

決別を切り出されたばかりか、なじられた。

実際、仕事が忙しくて夫婦の時間をあまり設けられなかったのは事実。とはいえ、結婚前にそのことを伝えたときは「アナタを支えたいの」と言ってきた。

なのに彼女は自分の言葉を反故《ほご》にし、あまつさえこう付け加えてきたのだ。

「今、付きあっている人がいるの。アナタと違って彼は本当に素敵。もう何度もセックスしてるけど、ぜんぜん比べものにならない。最初から彼と結婚するべきだったわ」

堂々たる浮気宣言である。

大学時代に付きあってフラれた男とよりを戻していたらしい。関係が再開したのはおそらく結婚から間もないころ。

詳しく調べあげて慰謝料を請求したい気持ちもあったが、理性的に動ける状況ではない。裏切られたショックに加えて仕事がデスマーチだったのだ。美玲が厚顔無恥にも請求してきた慰謝料を突っぱねるので精いっぱいだった。

「別れた妻に慰謝料も払えないなんて最低。彼なら絶対に出してくれるわよ。会社でも期待されてて、これからどんどん出世していくんだから」

そんな捨て台詞《ぜりふ》を吐きかけて美玲は去って行った。

追い撃ちのように星一の会社が倒産。

無職になった星一は、ジョギングとジム通いに逃避して現在に至る。

「なによそれ！　最低なのはその女じゃない！　別れて正解よ、星一さん」

隣で静かに聞いていた真貴子は顔を歪《ゆが》めて怒りだした。

不機嫌な顔も様《さま》になる美人だった。ポニーテールにタンクトップとレギンスと、スポーティな装《よそお》いもよく似合っている。

そんな美女の真貴子に愚痴を聞いてもらえて、星一も幾分すっきりした。

「ええ、もう未練はないんです。悔しくはあるけど……」

今さら美玲とよりを戻したいとは思わない。ただ、男として間男に敗北した屈辱《くつじょく》がいまも見えないストレスとなってこびりついている。

「やっぱりそうよね……恋人を寝取られたら腹が立つものよね」

「美玲さんもおなじような経験があるんですよね？」

「学生のころ恋人に浮気されたことはあるけど、そっちじゃなくて二年ぐらい前に……ああもう、思い出したらイライラしてきたわ」

彼女は苛立《いらだ》たしげにペダルを漕ぎつづけた。

「二年前に浮気をされたんですか……？」

「私じゃないんだけどね、弟がさあ……女癖がすっごく悪いのよ！」

「弟さんが……どういうことで？」

今度は星一が聞き手に回った。

真貴子の弟は見てくれが良いという。顔立ちがよく、身長も高く、ファッションセンスもいい。愛想が良くて弁も立つので人当たりがよく女にモテる。年長の男に気に入られるような立ち回りも上手《うま》く、順調に出世コースに乗りつつあるという。

「モテるから勘違いしちゃってるのよ、女になにしてもいいって。他人の恋人に手を出すなんて日常茶飯事だし、私の婚約者のお姉さんと妹さんにまで……」

「ええ……？　それは、ありえないですね」

「おかげで婚約破談よ……！　いいひとだったのに……」

ヤケクソでペダルの回転数をあげていく真貴子に、星一はかける言葉が見つからない。星一のトラブルとは種類が違うが、婚約破談はさぞかし辛かっただろう。身内の不始末となれば、なおのことやりきれない。

「あの……このあと飲みにいきませんか？　おたがい今日は思いっきり飲んで飲んで忘れましょう」

「そうね、嫌な思い出はお酒で洗い流すべきよね……」

言うなり真貴子は大きく嘆息した。

ふたりの愚痴はジムを出て居酒屋に入っても延々と続いた。

そして気がつくと、ラブホテルに足を運んでいた。

部屋に入るなり真貴子は抱きついてきた。

首を抱きよせて唇を重ね、舌と吐息を絡《から》ませる。

慌ただしく求められて星一も困惑より欲情が勝った。

（こんな美人とキスできるなんて……！）

真貴子はジムではポニーテールにしていた髪を下ろし、スポーティな雰囲気よりも女性的な色気が増していた。ゆったりしたスプリングセーターにスキニーなズボンを合わせた上下メリハリのある服装も、背が高くて脚が長い体型によく似合う。

「ちゅっ、くちゅっ、れろれろぉ……ちゅっちゅっ」

星一は粘膜と粘膜で触れあう快感に酔いしれ、真貴子の背を激しく掻《か》き抱《いだ》く。女性的な細さと柔らかさを兼ね備えた抱き心地に股ぐらがいきり立った。ほんのり立ちのぼる女の甘い体臭も本能を掻きたてる。

「はあ、はあ、真貴子さん、キスうまいですね……！」

「ごめんね、がっついちゃって……！　でも、ちゅっ、じゅるるッ、ジムで星一さんの筋肉を見てからずっと火照《ほて》ってて……！」

その言葉は星一にとって衝撃だった。

以前の星一は痩せ形で、美玲には「男として魅力を感じない」と言われたこともある。それがいつの間にやら筋肉で女を昂《たか》ぶらせるほど仕上がっていた。

「もっと強く抱きしめて……！　オスを感じさせてほしいの……！」

「こうですか？」

「ああっ、そう、そうよ……！　力強くて壊されちゃいそう……！」

真貴子の声が艶《つや》やかに歪んでいく。

背が高くスタイルのいい女性だが、いまは恐ろしくか弱く感じられた。自分の力加減ひとつで押し潰すこともできそうなほどに。

「んっ、あぁ……！　いいでしょ、女を自分のものにしてる感覚……！」

「は、はい、興奮します……！」

ただ昂ぶるだけではない。それは傷つけられた男のプライドを癒やす特効薬だ。浮気をされ、罵倒され、女に捨てられた傷は、女にしか癒やすことはできない。

だから星一はいっそう燃えあがった。

「真貴子さんッ、真貴子さんッ……！」

抱きすくめるようにして体重をかけると、すこしずつベッドに歩みよる形になった。

押し倒した。

真貴子の首が反り、白い肌が星一の目に飛びこむ。

吸った。

「あっ、ダメ、そこは……！」

そう言いながらも真貴子は首を抱きしめたまま離れない。太ももを星一の脚のあいだに差しこみ、股間を圧迫までしている。

星一は遠慮なく首筋にキスマークをつけた。

「ああぁあ……！　ダメよ、ああ、星一さん……！」

切なげな喘《あえ》ぎ声が脳を熱くする。硬くなった逸物《いちもつ》が真貴子の腿《もも》を押し返す。

一刻もはやく突っこみたい。

セックスがしたい。

おのれの劣情を女に受け止めてもらえる快楽を貪《むさぼ》りたい。

──でも。

みずから擦《こす》りつけていた股間を浮かせて離し、首筋へのキスもやめる。

「やめちゃうの……？」

不満げな真貴子の視線に身も心も竦《すく》んだ。

美玲の冷たい目を思い出して、はち切れそうだった男根が萎《しぼ》んでいく。

『あなたとのセックスじゃ気持ちよくなれないの』

事後、真貴子に美玲とおなじことを言われたら、今度こそ立ち直れない。そんな考えが頭によぎって股間が萎《な》えてしまう。男としての情けなさにますます身も心も冷えていく。悪循環だった。

「そっか……そうよね、嫌なこと思い出しちゃったのよね」

真貴子の声には気遣いの色が強い。美玲と違って責めるような口調ではないが、これはこれで心苦しい。

「ごめんなさい、ここまできて……」

「いいのよ、それだけショックだったんでしょ。それなのにさっきまであんなに興奮してくれてたのが嬉しいわ」

ポンポンと背を叩く優しさに星一は涙ぐんだ。

いい年をして情けないが、止められない。

ただ慰められるだけの時間がしばし続き、すこしずつ気分が落ち着いていく。

「もうだいじょうぶです、たぶん」

「でも勃起《ぼっき》はしないかしら?」

「それは、なんだか本当に申し訳ないのですが……」

「謝らないで。こういうときは協力しあうものだと思うの」

星一の首に絡みついた彼女の腕にすこし力が籠もった。ふたりは横倒しになったかと思えば、そのまま転がって真貴子が上になる。

「楽にしてて。ほら、いいもの見せてあげるから」

彼女は上体を起こして馬乗りになり、スプリングセーターの裾《すそ》をつかんだ。Tシャツごとまくりあげ、白いお腹とヘソ、ほの青いレースのブラジャーが露《あら》わになった。

形の良いバストで服の裾が押しとどめられたまま、彼女の手が背にまわる。

乳肉がかすかに揺れた。ブラジャーのホックが外れたのだろう。

ブラジャーが外されて、白い双球がまろび出る。丸みを帯びつつもツンと上を向いた、真貴子らしい快活な美乳だった。

「とりあえずおっぱい揉《も》んでみて、ほらほら」

「あ、では失礼しまして」

男の本能に突き動かされ、自然と手が伸びていく。

下からすくいあげれば、柔らかさと重みがしっとりと手の平に馴染《なじ》んだ。おそるおそる揉みはじめれば適度な弾力《だんりょく》で躍る。指一本一本の動きにあわせて形が変わり、その反動で弾《はず》む。なんとも楽しくて魅惑的な感触だった。

残念ながら勃起はしなかったが、股間にピリッと甘い痺《しび》れが走る。

「そのままそのまま……焦《あせ》らなくてもだいじょうぶ」

真貴子はささやくように言い、星一の股に触れてきた。ジーンズ越しに爪を立て、カリカリと引っかく。搔痒感《そうようかん》が海綿体に響いて、甘い痺れが頻発《ひんぱつ》した。

「はあ、はあっ……」

「息があがってきたら吐息に声を乗せるの。最初は意識してあえいで、徐々に自然に声が出るようにする。声で自分が気持ちよくなってることを相手に伝えるのはとっても大事なことよ、星一さん」

「勉強になります……！　うっ、ぁあッ……！」

ズボン越しに逸物を握られ、言われたとおり吐息に声を乗せてみた。妙に高い声が出て恥ずかしい。羞恥の熱でまた息が乱れていく。

「かわいい声ね。でもまだまだここからよ」

真貴子はズボンに顔を寄せてきた。

カチ、とファスナーの金具を口でくわえ、ゆっくりと下ろしていく。ジリジリと金具の立てる音を男根に味わわせる絶妙なペース。

「あっ……うッ、くっ、真貴子さんッ……！」

やがてファスナーが下りきると、社会の窓から黒いボクサーパンツが盛りあがってきた。逸物が半勃《はんだ》ちまで持ち直している。

「地味な刺激もいいものでしょ？　ほら、下半身は楽にしててね」

今度はベルトまで真貴子の手で外されていく。

ズボンを大きく開かれ、下ろされていく。

星一はなすがままでなく、彼女が脱がしやすいよう適宜《てきぎ》尻や脚を浮かせた。

「はい、じゃあ次は上もね」

ズボンにつづいてカーディガンとTシャツまで脱がされた。

ボクサーパンツ一丁の星一を見下ろし、真貴子はうっとりと目を細める。

「やっぱりよく鍛えてる……一ヶ所だけじゃなくてバランスよく満遍《まんべん》なく筋肉が浮いてて素敵……星一さんってマメな性格でしょ？」

「そうなんでしょうか……？　トレーナーさんに相談してトレーニングメニューを組み立ててたりはしてますけど、食生活はそこまで制限してませんし」

「ナチュラル感のある体つき、私は大好きよ」

真貴子の指が胸筋をなぞり、腹筋の合間をくすぐる。こそばゆくも心地良い感触に星一の体が震えた。その震えが股間に宿って、海綿体がほんのり硬くなる。激しい快感だと神経が怯《おび》えてしまうが、ソフトな刺激はそのまま快楽になってくれる感があった。

彼女もそれを理解しているのか、フェザータッチであちこち触れてくる。やんわりと、それでいて筋肉の形を確かめるように精密に。

「あっ、ああ……うっ、はあ……」

「うふふ、いやらしい声……燃えてきちゃう」

真貴子は上体を屈し、星一の胸に唇を乗せた。正確には胸の突端、桃色の乳首。口に含んで、ちゅ、と吸う。

「あッ！」

高い声が星一の鼻を抜けた。優しい愛撫に油断していたところで鋭い痺れが走ったのだ。抵抗できるものではない。

「あはっ、男のひとも乳首は気持ちいいでしょう？」

「え、ええ、不意打ち気味でびっくりしました」

「それにいまビクンッてなったわよ」

彼女が愉《たの》しげに言うのは星一の腰の話ではない。

ペニスが跳ねたのだ。

「この調子でおち×ちん、もっと元気になってね」

さらに乳首が吸われた。舌で擦られ、歯で甘噛《あまが》みされた。

「うっ、ぁうッ、ああっ……」

意識して喘ぎ声を出すと興奮が高まり、連動して感度もあがる気がした。女がセックスのときによがる理由もおなじなのかもしれない。

さらに彼女の爪がパンツの上に伸びてきた。カリカリと小さなストロークでボクサーパンツ越しにペニスを引っかく。

「あっ、真貴子さんっ、くッ、ぁあ……！　それ、効くかも……！」

「とくにこのあたり、効くでしょ？」

「うぅうッ、むずがゆいです……！」

真貴子の爪が裏筋を捉えた。

尿道にツンと鋭い痺れが走る。

半勃ちの逸物に電流が散発し、血の巡りがよくなっていく。硬くなればまた感度があがって喜悦《きえつ》が増し、さらに硬度が増す。そんなループをすこしずつくり返すうちに、パンツはすっかり膨《ふく》らんでいた。

「ほうら、おっきくなったね」

「ありがとうございます……真貴子さんのおかげです」

「律儀《りちぎ》ね、もう」

美女の苦笑には不思議な魅力がある。呆《あき》れながらも受け入れてくれていると思えば、ますます股間に力が入ってきた。

「あら、まだ大きくなるの？　わ、まだ膨らんで……え、思ったよりずっと……」

ツンツンと膨らみをつついて、真貴子は生唾《なまつば》を飲んだ。

「ちょっとくわえてもいい？」

「あ、じゃあ脱ぎます」

「あむっ」

「えっ」

星一がパンツに手をかける間もなく、膨らみが唇に挟みこまれた。腺液が染み出た先端部をぱくりとされて、外から唾液《だえき》が染みこんでくる。

完全に生地がふやけてから、猛烈な吸引がはじまった。

「じゅっ、じゅううウッ、ぢゅるぅううううッ」

「あッ、ううっ、真貴子さん……！　パンツごとは汚いですよ……！」

パンツは服のなかでもっとも汚れやすい。とくに股間部は排尿後の汚れもついているはずだ。

なのに彼女は熱心に吸いあげ、音を立てる。敏感な亀頭にとっては甘美きわまる快感だった。海綿体がはち切れそうになっていく。

「あっ、あッ、ぁあああッ……！」

先ほどまでの心身ともに萎えていた星一とは別人のように体が熱い。快楽を求めて腰が震え、無意識に真貴子の頭をつかんでいた。

「じゅじゅじゅッ、んじゅうぅう……ふうっ、男の味がすっごく濃ゆいわあ。あ、パンツ汚しちゃってごめんね」

彼女は汚れたパンツを厭《いと》うどころか、逆に唾液で汚したことを謝罪する。もちろん本気で気にしている様子ではない。悪戯《いたずら》っぽく笑い、パンツの縁《ふち》をつかんで下ろしはじめる。星一も腰を浮かせてその瞬間を待ち受けた。

パンツが亀頭に引っかかる。

負荷がかかったのも一瞬、一気にパンツがずり下げられた。

溜めこまれたバネにより、赤銅色がびょいんと飛び出す。

ぺちんっと真貴子の顔を打った。

「きゃっ……！」

「わあっ！　ごめんなさい……！」

「いいのよ、元気があって大きくて本当に立派……あ、ほんとに大きい。ちょっとこれ、星一さん、ずいぶんとご立派じゃない？」

「そ、そうでしょうか……？」

あらためて自分の逸物を目で確かめてみた。

日本刀のように浅く反り返った、不気味な蠕虫《ぜんちゅう》のような赤黒い肉棒。間近にある真貴子の美貌と対比すると大きさ以上に醜さが気になる。

青筋を浮かべ、太い血管が浮き、カリも高くて異様ですらあった。

なのに——ごくり、ごく、と真貴子は二度も唾を飲んだ。

「なかなかじゃない……うん、大きい。それに形もすっごくエグくて……脈打ち方もすごいわあ。ビックンビックン首振りして、やだこれホントに美味《おい》しそう」

長い指が蛇のように肉棒に絡みついた。ほんのり冷たい肌に反応して海綿体がますます充血する。

ぷっくり膨らんだ亀頭に、真貴子の唇が貼りついた。

「ちゅっ、ちゅっ、ぢゅぅぅううッ……」

「ああッ、真貴子さんッ、ぅぅう……！」

「気持ちいいならそう言って、ほらっ、ちゅっ、ちゅっ」

「気持ちいいですっ、あぁッ……！」

「うふふ、かわいい……いっぱい気持ちよくしてあげるわね」

赤い唇の狭間《はざま》から桃色の舌がぬらりと現れ、ペニスを這いまわった。

たっぷり唾液を乗せたなめらかな粘膜が、竿の根元から血管をなぞりながら、ぬめり、ぬめり、とゆっくり登っていく。淡い刺激がこそばゆさを生み、いら立ちのような感覚に竿肉が激しく脈打った。

「こうやって焦《じ》らされるとムラムラが強くなってくでしょ？　この女絶対に犯してやるーって男の本能が掻きたてられるでしょ？」

「ううッ、くうッ……！」

「もうちょっと溜めておいてね？　そのほうが後で絶対に燃えるから」

さらに舌が登って、裏筋に触れた。丸めて固めた舌先で強めにこね回されると、先ほどまでより、強い快感が稲妻のように走る。

「うッ！」

「まだダメよ、このまま……あむっ」

舌をたどるようにして真貴子の口が亀頭にしゃぶりついた。生ぬるいぬかるみに沈む感覚が男の粘膜を包みこむ。

　柔らかく居心地が良いと思ったのも束の間、口内で舌が動きまわった。唾液を潤滑《じゅんかつ》剤《ざい》にして大胆に亀頭をなめ擦《ず》りまわす。男根でもっとも敏感な部分への集中攻撃に星一の腰が痙攣《けいれん》気味に浮いた。

「あっ！　ああッ、真貴子さんっ、真貴子さんっ……！」

「んふふふぅ、んじゅッ、ぢゅるるるぅ……！」

　熱心なおしゃぶりに肉棒が震える。そうして感度があがった根元付近を彼女は手でしごいてくるのだからたまらない。快楽の塊が下腹に溜まり、尿道の奥深くでうずきだしている。いまにも噴出しそうな勢いだ。

（フェラチオってこんなに気持ちいいものなのか……！）

　思えば美玲とのプレイでここまで熱心にフェラされたことは少ない。どちらかと言えば美玲にクンニすることのほうが多かった。そのことで彼女を責めるつもりはない。星一が早漏《そうろう》なうえに精力が弱かったのが原因なのだ。前戯ですぐイッてしまい、二回目をする余裕もないのだから、彼女が不満を持つのも仕方ない。

「うっ、ぐッ、ガマンしないと……！」

　過去の軟弱さを反省し、肛門に力を入れて絶頂を抑えこんだ。早漏さが露呈《ろてい》して真貴子に失望されることだけは避けたい。

「ガマンしなくていいのに……ちゅぢゅっ、ぢゅるじゅるッ、べろぉおッ」

「ああッ、うっ！　だって、イッたらもう、勃《た》たないかも……！」

星一の苦鳴に真貴子はきょとんとした。

「それはそれでいいんじゃない？」

事もなく言った彼女に、星一は混乱した。

「で、でも、フェラだと真貴子さんは気持ちよくないし……！」

「体はね。でも相手を気持ちよくさせる満足感ってすごくいいものよ？」

そう言って、彼女は亀頭を思いきり吸った。頬《ほお》が削《そ》げるほどバキュームし、じゅるじゅる、ぢゅぢゅぢゅ、と音を立てる。顔を前後させて摩擦すれば、唾液が泡立って白くなった。

「あっ、あぁあぁあッ……！　ぐっ、あうッうぅうッ！」

星一は必死に堪《こら》えた。歯がみをして、以前の自分ならとっくに決壊していただろう快感に耐えた。

だが、それも彼女の目を見るまでだった。

「出《だ》ひてっ、いっぱい出ひてッ」

美女の潤《うる》んだ瞳に見とれた瞬間、ふっと股間の力が抜けた。

尿道が爆発した。

「出るっ、出るうッ！」

海綿体で熱感が爆《は》ぜて、ドロドロの粘り気が鈴口から飛び出す。男ならだれでも知る快感に酔いしれてしまう。早漏がどうのと細かいことなど頭から吹っ飛んだ。

同時に悲鳴じみた嗚咽《おえつ》が漏れ落ちる。

「あっ、ああッ、真貴子さん……！」

「ちゅくっ、ちゅっ、れろれろっ、むちゅうぅうッ」

射精中の敏感な亀頭に舌が這いまわる。苦痛寸前の鋭角的な快感に星一は悶え、長々と射精をつづけた。

それが終わるころには、ぐったりして動けなくなっていた。

心地良い脱力感である。

「いっぱい出《だ》ひたわね」

真貴子は身を乗り出して口を開いて見せた。

なみなみと溜まった白濁《はくだく》のなかを赤い小魚がゆっくりと泳いでいる。舌だ。

「まずくないですか……？」

「んふふぅ、ぜんぜん。好きよ、これ」

たどたどしく言うと、彼女は口を閉じた。

ごくりと喉《のど》を鳴らす。ごくり、ごくり、とつづけて鳴らす。目元はうっとりとしてさも美味しそうだった。口に出されて怒ることもあった美玲とは大違いだ。

(こういうひともいるのか)

ただそれだけで星一の心は安らいだ。

肩の力が抜けて、一息吐いて、ふと気付く。股間に充《み》ち満《み》ちた活力に。

「あら、まだまだ元気じゃない？」

「ほんとだ……ぜんぜん萎えそうにない」

「体を鍛えたからかもね」

勃起したまま収まらぬ逸物のせいか、汗ばんだ体がますます熱くなる。セックスをしたい。シンプルな欲望で全身が破裂しそうだった。

真貴子は星一にまたがったまま腰の位置を修正した。

肉棒の真上に秘処があり、そして彼女の裸身がある。一糸まとわぬ姿で、三角形に整えられた陰毛を隠しもせず、ゆっくりと腰を下ろしていく。

濃厚なルビー色のラビアが亀頭に触れ、水気たっぷりに吸いついた。

「くッ……！」

「んっ！　ふぅ……すっごく熱い」

ため息まじりに酔いしれて、彼女はさらに腰を落とした。熱を帯びた肉色の唇が亀頭の形に沿って広がり、ねっとり優しくしゃぶりついてくる。上の口に劣らずフェラチオ上手な淫口《いんこう》だった。

「はあ……大きいわあ」

膣肉が絡みつき、蠕動《ぜんどう》する。さも美味しそうに頬張っている。演技でなく本気で貪っている動きに、星一は耽溺《たんでき》の息を漏らした。

「すごい……！　ぬるぬるで、柔らかくて、うッ、すごく動く……！」

狭いわけではない。むしろ締めつけはゆるいだろうか。それがかえって良いこともある。ぬめつきや蠢動《しゅんどう》を感じやすく、ゆったりと快楽を楽しめるのだ。

根元まで飲みこまれると、彼女にすべてを委ねたくもなった。

「んうッ、ああッ、普通に奥に当たるのすっごい……！　あーッ、反り方がイイからコリコリ当たって、んっ、ふぅ、ふぅ、油断するとすぐイッちゃいそう……！」

「そ、そんなにですか？」

「ええ、とっても……！　まずはゆっくり動くわよ……んっ、あんッ」

真貴子の腰がゆっくりとグラインドをはじめた。

なまめかしく動くのは筋肉だけでなく皮下脂肪もおなじ。けっして太っているわけではないが、それでも着やせするタイプなのだろう。スリムすぎず筋肉質すぎず、適度に柔らかみを残した魅惑的な肉付きだった。

尻肉も豊満で、股に擦りつけられるたび心地良い。

なにより嬉しいのは喘ぎ声だ。

とても気持ちよさそうな声を聞いていると、男のプライドがくすぐられる。

「そんなに良いんですか？」

「ええ、ほんとうに、とっても……！　あんッ、あーッ、あぁあッ……！　おっきいし、熱いし、すっごくいいわあッ……！」

演技ではない、と思いたい。垂《た》れ落ちる愛液は星一の股まで汁まみれにする量だ。本気で感じて、本気で悦《よろこ》んでくれる——美玲のときとはぜんぜん違う。

「んっ、あんっ、あひッ……！　た、たしかね、太もものあたりに勃起のための筋肉があるの。そこが鍛えられたら、勃ったときのサイズが向上するらしいわ……！」

「そこまで変わった気はしてないけど……そうなんですか」

「それに、んんっ、私、あんッ……！　星一さんのこと魅力的なひとだと思ってるんだもの。気持ちが入ったら感度もあがるものよ……んんッ！」

美玲は、もしかしたら、最初からずっと、気持ちが入っていなかったのではだとしたら。

嫌な想像を振り払うべく、星一はみずから腰を跳ねあげた。

「あひッ！」

「これはどうですか……！」

「あんっ、あッ、それダメよっ、当たっちゃうからッ……！　ああっ、はああッ、ダメっ、だめぇ……！」

よがりながらも真貴子はうっとり笑みを浮かべていた。嫌がるような口調も演技だろう。彼女は全力でセックスを愉しんでいる。それが星一にとってはなにより嬉しい。

美玲によってズタズタにされた自尊心がみるみる回復していく。

心の歓喜が肉体の喜悦となって海綿体に満ちはじめた。

「うっ、ううぅうッ……くっ、ぐううッ！」

股ぐらに力をこめた。肛門を引きしめると射精を耐えられるという。

もっと、もっと、真貴子をよがらせたい。自分は女を悦ばせられる男なのだと思わせたい。そうして自信を取り戻したかった。

「いいっ、ああーッ、いいわあッ……！」

真貴子の腰遣いが変化した。ゆっくりした捻転《ねんてん》する運動から、鋭い前後動に。

ぱちゅぱちゅ、とちゅとちゅ、と水音が弾ける。

ピンポイントで奥に当たる動きだった。星一にとっても摩擦が増して快感が濃密になっていく。我慢しきれるものではない。

「もうっ、俺もう……！」

「イキましょッ星一さんッ……！　あんっ、ああッ、いっしょにッ、いっしょにイクのおッ！　ぁはぁあああッ！」

ふたりは同時に登りつめ、同時に全身を硬直させる。

股と股、亀頭と子宮口が密着した瞬間、怒濤《どとう》の絶頂が押し寄せてきた。

どびゅる、びゅるる、びゅうーッ、と。

口淫のときよりずっと激しく、星一は射精した。

「ああーッ！　あッ、あんッ！　ぁあぁあああああーッ！」

膣内に灼熱《しゃくねつ》を浴びた真貴子は、背を反らして腰を痙攣させている。あわせて膣まで震えるのがまた気持ちいい。精液が搾《しぼ》りとられる。

汁気を受けたぶんだけ彼女の体は汗で光沢を帯び、艶《なま》めかしく輝いた。

「うっ、ああっ、はじめて、いっしょにイケたあ……！」

「いいわよね、いっしょにイクの……幸せになっちゃうわ」

星一の体を火照った肌が包みこむ。真貴子に抱きしめられ、体重をかけられて、かつてない多幸感を味わった。感無量というやつだ。

絶頂を分かちあった者だけが味わえる幸福がそこにあった。

「せっかくだからもう一回しましょ」

真貴子は星一の額にキスをした。

さいわい逸物はまだ勃起を維持している。自分でも驚くほど元気がいい。

これならまだ何回でもセックスできそうだ。

(結婚するまえから鍛えてたら、もしかしたら)

気の迷いを振り払うべく、星一は真貴子の誘いに乗った。


星一が身を起こし、かわりに真貴子が背中から倒れる。

ついでに彼女は枕を腰の下に置いた。

「こうするとイイところに当たりやすいの」

女性側の腰尻が持ちあがった状態での正常位。それで彼女が気持ちよくなれるのなら星一に文句はない。

なにより上から見下ろすと相手の印象がすこし変わった。

活発で積極的な美人だった真貴子が優しげで包容力のある美女に見えるのだ。

「好きに動いていいのよ」

促《うなが》されるまま腰が前後した。

切り立った肉エラで蜜壺を引っかきながら、最奥を突く。コリコリと硬い感触の子宮口をとんとんとノックすると、真貴子の喘ぎが数段高くなった。

「ああッ、ああーッ……！　いいッ、イイわッ、そこすっごく感じるぅ！」

「ここですか？　ここがいいんですか？」

「あひぃいいーッ！　気持ちいいわッ、星一さんッ！」

聞いているだけで脳が沸騰しそうになる。騎乗位で責められるのもよかったが、正常位にはまた違う興奮があった。

相手に気持ちよくされているだけではない。

むしろ自分から相手を気持ちよくする――それが男の自尊心を回復する特効薬だとすでにわかっていた。

だから星一は一心不乱に腰を振りつつ、真貴子の反応をつぶさに観察した。

どう動けば感じてくれるのか。

どこを突けばよがってくれるのか。

(……なるほど、だから枕を置いたんだな)

女性が腰をあげることで、男が突いたとき腹側の膣壁に当たりやすい。そして、そこに当たると真貴子の反応がよくなる。つまり性感帯だ。

「あんッ、あーッ、あはああッ……! どんどん上手くなってるわね……!」

「これも真貴子さんのおかげです……!」

感謝の気持ちをこめて性感帯を突いてやった。

真貴子は白い喉を晒《さら》して感じ入る。

「くうぅうーッ! 入れてすぐ当たるのがGスポット……! そのままハメこんで奥の子宮口……! 腰を引くときにエラでヒダヒダを引っかくように意識すると、もっと気持ちよくなっちゃうのぉ……!」

「わかりました、やってみます!」

「アッ! それッ、その引っかき方ッ……! はああッ、狂っちゃいそう……!」

指示どおりに動きを修正すると、真貴子がシーツをつかんで身をよじる。

（なんで美玲のとき、こうできなかったんだろう）
快楽の合間に自虐的な気分が差しこむ。
そんな星一に真貴子がほほ笑んだ。
「いっしょに気持ちよくなってくれてありがとう、星一さん」
ふっと心が軽くなる。
自分の独り相撲でなく、ふたりで気持ちよくなる行為。
それが本当のセックスなのだろう。
過去のあれこれはどうでもいい。
いま必要なのは目の前の女性と愛しあうことだ。
「真貴子さん、気持ちいいよ、ああッ、真貴子さん……！」
震える声を絞りだした。自分の感情を、悦びを、彼女に伝えたかった。
「私も気持ちいいッ！　ああんっ、素敵よ星一さんッ……！」
真貴子も応えてくれた。
たがいに呼びあいながら腰を振る。
ぱちゅぱちゅ、ぱんぱん、とリズミカルに音を立てる。
いつしか意識せずとも彼女の弱点を責めることができていた。それでいて自分の快感も募りゆく。ペニスから太ももにじんわりと甘みが広がり、腹筋が硬くなっていく。強烈な法悦が近づきつつあった。

「またいっしょにイキたいです、真貴子さんっ……！」

「イキましょ、いっしょに……！　星一さん、ああっ、イクっ、イクッ……！」

情熱的にピストンし、滴《したた》る汗が混じりあう。

膣内でも先走りと愛液が一緒くたに摩擦され、泡立った白い汁が漏れ落ちる。もはや精液じみた色彩と粘性で興奮と潤滑に拍車を掛けた。

どちゅどちゅ、ばちゅばちゅ、と激しく突く。

ビクンっ、とふたりの全身が脈動した。

稲妻のように鋭い快感が両者の股間をつんざく。

「イクぅうぅうぅうーッ！」

高らかな嬌声が室内に響き渡り、絶頂感がふたりを包みこんだ。

射精と子宮の快楽だけではない。

積極的に求めあい悦びを育《はぐく》んだ者同士の、愛情のような温もりがあった。

事後、ふたりは横になって体を撫であった。

胸や股だけでなく腕やお腹など性的でない部分も愛しあう。

「どうだった？」

「なんだかすごかったです……本当のセックスってこうなんだなって」

「でしょ？」

真貴子は少女のように無邪気に笑う。嘘偽りのない態度だと思えた。

美玲とはあきらかに違う感覚だった。

元妻とのセックスで星一に至らない部分があったのは間違いない。だが美玲は美玲でそういうとき、ため息交じりにこう言うのだ。

「まあ、べつにいいけど」と。

どうしてほしいのか、なにをしてほしいのか、具体的に伝えることはなかった。失態を挽回するチャンスすらくれなかったのである。事後のピロートークを拒むようにシャワーを浴び、星一に背を向けて寝るのが日常だった。

実際、彼女はその時点でとっくに浮気をしていた。であれば、星一とまともにセックスする気がなかったのではないか。歩み寄る余地などなかったのだ。

「ちゃんと求めてもらえるのっていいですね」

「そうね、セックスはそういうものよ」

「別れた妻も浮気相手とはそうしてたのかなって思うと……いや、ごめんなさい。こういう暗い話はやめたほうが良いですよね」

「いいのよ、気にしないで。それに浮気なんて表面上通じあってるように見えても、背徳感に興奮してるだけで相手なんて見てなかったりするんじゃない？」

真貴子は目元をかすかに歪めて言う。

「うちの弟も女ひとりにこだわることなんて全然ないし。ただ気持ちよくなりたいだけ。べつにそれはいいけど、他人の恋人や奥さんに手を出してそういう態度なのは、本当に最低だと思う……いや本気になっても困るけど」

「弟さんには本当に苦労させられてるんですね」

「私こそ変な話しちゃってごめんね。もっと楽しい話しましょう」

そこからは他愛ない雑談ばかりであった。

セックスの話題から食べ物の好き嫌い、先日見た映画の感想などなど。

チェックアウトの時間が近づいてくると、ベッドを出てシャワーを浴びた。身ぎれいになって服を着ると、真貴子は思い出したように言う。

「そういえば星一さん、ＩＴ系のお仕事してたのよね」

「ええ、ようやくプロジェクトを任されるぐらいになってたところです」

「じゃあ、気が向いたら連絡してきて。お仕事紹介できるかもしれないから」

す、と名刺が差し出された。

見知らぬ会社名の下に彼女のフルネームが大きく記されている。

門馬《とば》真貴子。

「これ……とばって読みますか？」

星一の口喉が一瞬で渇き、声が上擦る。

「一目《ひとめ》で読めるんだ？　モンバって読まれがちなんだけど」

「美玲を寝取った男……門馬礼司《れいじ》っていうんです」

真貴子が固唾《かたず》を呑んだ。

その反応がすべてを物語っている。

彼女は気まずそうに目を逸《そ》らし、ぽつりと漏らした。

「礼司はうちの弟よ」

第二章　むっちり熟女の被虐願望

「礼司たちにやり返したいっていうなら、力を貸すわよ」

別れ際の真貴子の言葉を、星一は曖昧《あいまい》な笑顔で受け流した。

それからしばらくは自宅で仕事に没頭した。個人で受けた依頼をこなして、退職後のブランクを取り戻しつつ実績を積みたい。

仕様書どおりにプログラムコードを書きつづる単調な作業。

夕方になれば近所をジョギングし、部屋で筋トレし、週に二回はジムにも通った。

幸か不幸か真貴子に会うことはなかった。

帰宅後、食事を取って、また仕事をし、深夜になるとベッドに入る。

眠れない日が多かった。

目を閉じると思い出すのは美玲の嘲笑と罵声だ。

「だってあなたといても私に得なんてないでしょ？　話しててつまらないし、ときめきがないし、せめて稼ぎがマシなら一緒にいてあげなくもないんだけど」

あまりの悪罵に目眩《めまい》がしたのを覚えている。

稼ぎはこれから良くなる流れだった。人員不足だったのもあるが、異例の早さで昇進してプロジェクトリーダーを任されるようになったばかりの時期だ。その後会社が潰れたので机上の空論に等しいけれども。

それに収入がよくなったところで愛情は望めなかっただろう。美玲は遊ぶ金がほしかっただけだ。夫に稼がせて、自分は家事もそこそこに間男《まおとこ》と遊びたい。夫婦の共有口座は知らぬ間に浪費されつくされていた。

「なんであんなのを好きになったんだろう」

自問自答するまでもなく答えは出ている。女慣れしていなかったのだ。甘え上手な女にコロッと騙され、有頂天《うちょうてん》になってしまった。

結果は浮気をされて離婚。

友人には慰謝料ぐらい取るべきだと言われたが、そんな余裕は一切ない。仕事のデスマーチも相まって体調を崩し、慰謝料どころか財産分与の名目で家財をほとんど持っていかれた。いま住んでいるのは1Kの安アパートだ。

美玲が悪いと言うのは簡単だが、自分の至らなさもある。

やり返したいかと言えばやり返したい。
心の奥底で怒りや憎しみが煮えたぎることもある。
それでも――自業自得の一面もあると、復讐など烏滸《おこ》がましく思えた。
「さっさと忘れてしまうのが一番いいんだ」
まだまだ人生捨てたものではない。
真貴子との出会いのような幸運もあるのだから。
そう自分に言い聞かせて日々を過ごしていた。
そんなときのことである。
新たな道行きを邪魔するかのごとくスマホに連絡が入ったのは。
登録名は「美玲」。
『あ、もしもし、星一？　もしかしてアナタ、私のバッグ持ち逃げしてない？』
「バッグ？　いや、知らないけど……」
『あんたがプレゼントしたやつでしょ。ほら、ヴィトンのアレ。返してよ』
「こっちの荷物にはなかったはずだよ」
『無職だから金に換えたんじゃない？　なら弁償しなさいよ』
甘ったるく男を狂わせる声は、不機嫌さを孕《はら》むとひどく毒々しい響きになる。聞いているだけで頭が痛くなるほどに。

「そっちの荷物に紛《まぎ》れてるか、間違えて捨てたんじゃないか」

『汚いわね、他人のものを盗んで。もういいわ、あんなダサいの。無職で貧乏なあんたにお情けでくれてあげる。そのかわり、もう二度と関わってこないでよ。そのしみったれた声聞いてると気が滅入《めい》るのよ』

「関わるなもなにも、電話してきたのはそっちじゃないか」

『逆恨みはやめてよ。ほんと陰険でいやらしい。ＡＴＭとしても無能だし、礼司くんとは大違いね。もっとはやく離婚すればよかった』

『やめとけやめとけ、ただでさえ無職で気の毒なんだから』

美玲の後ろから男の声が聞こえた。

瞬間的に星一の頭がカッ熱くなり、胃が千切れるほどに重たくなる。

忘れられない声だった。

脳に刻まれた屈辱の記憶が押し寄せ、言語中枢を麻痺させる。

美玲のスマホからハメ撮り動画を発見したときに聞いた声が脳内で再生された。

——中出ししてほしかったら旦那の悪口言えよ。

美玲は躊躇いなく星一を罵倒し、礼司は爆笑しながら中出しした。

そんな外道と不貞女の会話が今まさにスマホから聞こえてくるのだ。

『でも礼司くんは嫌じゃないの？　あんなのに私を何度も抱かれて悔しくない？』

『ダサくてヒョロくて仕事も無能で金欠だろ？　しかもセックスも下手とか、可哀想すぎて同情しか湧かねえよ』

『私たちが遊ぶ金を最後まできっちり払う程度の甲斐性もないのよね。あーあ、電話するだけ時間の無駄だったわ』

唐突に電話を切られた。

星一は憤怒と動揺のあまり荒い呼吸をくり返すばかりだった。

いくら離婚時に揉めたからと言って、失礼にも程がある。むしろ揉めたからこそ余計な衝突を避けるべく最低限の礼儀を守るべきだと、星一は考えていた。

だが、そんな良識が通じる相手ではない。

美玲も礼司も星一を下に見て暴言を吐いてきた。

「そういえば……美玲は猫かぶってるって言われてたなぁ」

大学時代、美玲との共通の友人が忠告してくれた。あの女の上辺に騙されるな、と。

実際、彼女の本命はあくまで門馬礼司で、星一は便利な財布にすぎなかった。

蜜月と思っていた時期ですら上辺の関係でしかなかったのだ。

ずっと騙され、利用され、挙げ句の果てに侮辱をしてきた。

「それになんだよ、門馬のやつ……」

悪意と侮蔑の塊のような男であった。他者を踏みにじることがそんなに楽しいのだろうか。他人の人生をめちゃくちゃにするのを娯楽だと思っているのか。

沸々とはらわたが煮えくり返ってきた。腹筋が熱を帯びて汗ばむ。以前は怒る余裕すらなかったことを考えると、メンタルが回復してきたのかもしれない。

星一は財布から真貴子の名刺を取り出した。


真貴子たちは喫茶店で談笑していた。

ジャズの流れるシックな店内の一番奥のテーブル。ソファ風の厚みのある椅子に真貴子を含めた三人の女性が座っている。

星一は真貴子に手招きされてテーブルの横に立った。

「真貴子さん、こんにちは。アフタヌーンティーですか？」

「ええ、友達とね。星一さんも？」

「入ったことない店だったから、ちょっと気になって」

偶然を装って言葉を交わし、いま気付いたように残りふたりに会釈する。

「どうも、藤田です」

「山崎《やまざき》です、はじめまして。門馬さんとは……そうですね、いまは友達ですね」

小さく会釈を返すのはパンツスーツに眼鏡の美女だった。

星一よりひとまわりは年長だろうか。薄めの化粧とセミロングヘアに清涼感がある一方、眼鏡のせいか冷たい威厳が漂《ただよ》う。すこし恐い女性という印象があった。

彼女は手の平でとなりの女性を示す。

「こちらは清水屋《しみずや》さん」

「はじめまして、藤田さん。清水屋日和《ひより》と申します」

日和は深めにお辞儀をして艶やかな黒髪をしなやかに揺らした。

女性——あるいは少女と言うべきかもしれない。座っているので身長はわかりにくいが、肩が狭く小柄な感が強い。ぱっちり大きな目も相まって、大人っぽい美人に囲まれるとあどけなさが殊更《ことさら》に際立《きわだ》つ。

とはいえ彼女が成人女性であることは、あらかじめ真貴子から聞いている。

「はじめまして、清水屋さん」

星一は大人に対するように折り目正しく頭を下げた。

「せっかくだから星一さんもここ座ったら？」

「え、でもお邪魔じゃないですか？」

予定どおりに真貴子がとなりの椅子を叩き、星一が遠慮する。

日和がおっとり笑うのも予定どおりだ。

「お気になさらず。いっしょにお話しましょう、藤田さん」

皮肉でなく心からそう言っている。そういう人間だと真貴子も言っていた。

「それじゃあ失礼します」

星一は真貴子のとなりに座った。

正面に日和の笑顔がある。品のある笑顔は育ちのよさゆえだろう。身につけているのはフリルつきの白ブラウスにコルセット風ハイウェストスカート。着こなしにもお嬢さま然とした風格がある。

「日和さんって社長令嬢なのよ、いわゆるお嬢さま！」

真貴子が言うと、日和はほんのり眉を吊りあげた。

「もうっ、真貴子さんったら、そんなことひけらかすものじゃないですっ。それなら芳花《よしか》おばさんだって部長さんだし、じきに役員になれるそうだし、すうっごく偉い方ですよね？」

「出世できるのは嬉しいけれど、身内贔屓《びいき》のように見られるのが複雑ですね。親族経営の会社だからと言って……」

山崎芳花は日和の母方の叔母に当たる。姉につづいて清水屋一族に嫁入りしながら、後に離婚。身内贔屓どころか針のむしろでのしあがった女傑である。

「そんな会社を芳花さんが変えるんでしょう？　新部門を作るって話だし」

「べつに親族経営を非難する気はありません。ただ、うちの規模でＩＴ関連をほぼ外注で済ませてるのはどうかと思うだけです」

「おじいちゃん……会長がちょっと頭の固いひとですからね。お父さんもおじいちゃんに頭があがらないし、いまだに社長として半人前扱《あつか》いだし」

「でも日和ちゃんには甘いって話でしょ？　話を通してくれませんか？」

真貴子が冗談めかして言うと、日和は慌ててかぶりを振る。

「学生の私が会社経営になんて口を出せませんよう」

すねた様子でありながら、どことなく嬉しげな様子でもあった。大人に混ざって会社の話ができることに浮かれる若者である、とは真貴子の言だ。

親族経営とＩＴの話になったらアピールしろ、とも言われていた。

「ＩＴなら俺もいちおう経験者ですが」

「まあ、パソコンとインターネットがお上手なんですね！」

日和は皮肉を疑いたくなるほど率直に驚いていた。

「経験者、ということは現在どこかの会社に所属しているわけでは……」

「倒産しちゃいまして。Ｆ社というのですけど」

「ああ、三年前までは勢いがあった……人材はよかったと聞いています」

「これから出世できる兆《きざ》しもあったのですが、困ったことに現在求職中です。個人で請け負えるお仕事なら受け付けてますけど」

ふむ、と芳花は眼鏡のブリッジを人差し指で押しあげる。

かと思えば懐から名刺入れを取り出し、一枚抜いて差し出してきた。

「こちらに連絡いただけますか。これもなにかの縁ですので」

「これは恐縮です……！　こちらは名刺を用意していなくて申し訳ございません！」

星一は慌てて頭を下げた。

社会人のやり取りに日和は興味津々《しんしん》と目を輝かせていた。

(聞いてたとおり今時めずらしいお嬢さまなんだな)

箱入り娘と言ってもいい。中学からは女子校に入り、現在も女子大に通っている。

生まれてはじめての恋人とは友人の紹介で出会った。

恋人の名は門馬礼司。星一の怨敵である。

ティータイムが終わると真貴子と日和が席を立った。

芳花は座ったままふたりを見送る。

「私はもうすこし藤田さんと仕事の話がしたいので」

「おばさんは本当にお仕事が大好きですね」

それがさも小気味良いと言うように日和は満面の笑みであった。

彼女たちが店を出ると、芳花は目を細めて微笑する。当初の冷たい印象とは正反対に母性的で暖かな表情だった。

「まだお子さまでしょう？　しゃべってると中学生になるうちの子と大差ない歳なんじゃないかって思います」

「純粋な方ですよね」

「騙されやすいんですよ。だからあんな男に引っかかってしまう……」

はあー、と芳花は大きく嘆息した。

「門馬礼司、ですよね」

「ええ、結婚を前提に交際しているようです。あんな男と」

芳花は嫌悪感に顔を歪めていた。当初の冷静沈着な印象とは逆に表情がころころと変わる。実際には感情豊かなタイプなのかもしれない。あるいは落ち着いた大人の女性でも耐えがたいほど礼司を憎んでいるのか。

「真貴子さんから聞いたのですけど、山崎さんも門馬礼司とは……」

「一時期交際していました。恋人のつもりでしたが、彼にとっては……都合の良いセックスフレンドで、お小遣いをくれる便利なATMだったのでしょうね。捨てられて、真貴子さんと知りあって、ようやく彼がそういう人間だと理解できました」

歯ぎしりの音が聞こえてきそうなほど芳花の細顎《ほそあご》はこわばっていた。真貴子が彼女を協力者に選んだのも、その怨恨ゆえだろう。

「彼をどうにかする話なら協力させてください」

「俺も制裁には全力を尽くします。ただ俺は、セフレの上島美玲――俺の元妻ですが――もターゲットにしています。見方によっては……」

「その上島さんもかつての私とおなじ立場だから、気が引けるのではないか、という話でしょうか。ならご心配なく。その方についての話も聞いていますが……すくなくとも私は浮気をして夫を騙すような真似はしていません」

芳花の言葉遣いは慇懃《いんぎん》だが睨みつけるような顔をしていた。いっしょにするな、といったところだろうか。

「夫を亡くして、女手ひとつで子どもを育てて……疲れきって、油断してたんだと思います。年下の見てくれの良い男に甘い言葉で誘われて……」

「騙されてしまったんですね」

「私自身の至らなさがいけないのはわかります。でも、惑わされるまま彼の昇進を後押しして、日和に紹介してしまったのは一生の不覚です」

今度は歯がみをしてうつむく。自省の念に囚《とら》われている。

「だから、私は協力すると言っても、復讐が第一ではありません。日和をあの男から解放して、我が社から追放したいのです」

「はい、真貴子さんからもうかがってます。それで問題ありません。門馬礼司が清水屋日和さんに近づいているのは間違いなく経営者一族に取り入るためでしょうし、ふたりを別れさせてクビにできれば大きなダメージになると思います」

そしておそらく、礼司にくっついて甘い汁を吸う気であろう美玲も。

礼司が落ちれば、美玲はきっと後悔する。藤田星一と離婚したことを。そのときのことを考えれば暗い喜悦に胸がときめいた。

「ぜひ山崎さんのお力を貸してください」

星一はテーブルのうえで握手を求めた。

すかさず彼女も手を握り返してきた。やんわりと満足そうに笑みを浮かべて。

「では……まずホテルにいきましょう」

想定外のものを求められた。


突然のことに困惑する星一に芳花は言った。

「作戦のためにも、藤田さんと寝ておきたいのです」

「は、はあ？」

よくわからないまま、勢いに押されてラブホテルに入った。

値段もお高めな高級志向のラブホテルだった。

真貴子と入ったホテルよりも広く、調度や設備がしっかりしている。ガラス貼りの浴室と脱衣所も広く、ふたりで入っても充分余裕があった。

「洗いっこのまえに、まずは脱がしあうべきですね」

芳花はジャケットだけ自分で脱いでハンガーにかけた。

たちまち目を惹《ひ》くのは胸の膨らみである。

「大きい……ですね」

ジャケット越しでも豊かな肉付きは見て取れた。しかし白いブラウス一枚になるとボリュームが数段上がった感がある。まるでメロンでも詰めこんでいるような丸みに圧倒されてしまう。

こうなると男は弱い。

大きなバストを見せつけられて、細かいことが頭から飛ぶ。なぜラブホテルに入ったのかなんてどうでもいい。目の前の女体のことしか考えられなくなった。

「Jです」

「は？」

「私、Jカップです」

「おお」

紛れもなく巨乳である。

星一は生唾を飲み、はち切れそうなブラウスのボタンに手を伸ばす。

が、先んじて芳花の手が星一のパーカーをつかんだ。

「はい、ばんざい」

「え、あ、はい、ばんざい」

なすがまま両手をあげてパーカーを脱がされた。

今度こそ、とブラウスに手を伸ばす。

「はーい、もう一回ばんざーい」

Ｔシャツをつかまれ、なすがままに手をあげて脱がされた。つい流されてしまうのは冷たかった声に温もりを感じたからだろうか。幼児の世話を焼く母親のような、優しげで柔和な声だった。実際、彼女は一児の母である。

（男はだれでもマザコンの気があるっていうけど……）

胸の大きな美人に子ども扱いされると、面映《おもは》ゆくも心地良い。

だが、けれども。

「あら……本当にいい体。真貴子さんの言ってたとおりですね」

芳花の手が腹筋の割れ目をなぞり、大胸筋の合間を這う。

「いちおうジムも通ってますので」

「几帳面《きちょうめん》な性格なのかしら……形がとても上品で整っているわ」

「そう言われると照れますね」

ジムでは自分で考案したメニューを守ってトレーニングをしている。原型はネットで調べたもので、インストラクターからのアドバイスも加えた。それらを淡々とくり返す。現実逃避の単純作業も回数を重ねれば実を結ぶ。

「がんばったのね。えらいわ、星一くん……」

優しくも熱を帯びた褒め方には、カフェでの冷たさは微塵《みじん》もない。ボタンを上から外

筋肉を撫でられながら、星一は今度こそブラウスに触れる。ボタンを上から外してしていけば、みっちり押しあう肉の谷間が露わになった。大きさに見あった深い谷間に視線が吸いこまれてしまう。

母性を形にしたような柔らかく豊かな球肉だった。

だがそれを覆《おお》うブラジャーは薔薇《ばら》のように赤い。母性を凌辱《りょうじょく》せんばかりの扇情的な色合いに頭が混乱する。彼女は母なのか女なのか、と。

「私は鍛えてないから見劣りするかもしれませんね」

「いえ、すごく魅力的な体だと思います……柔らかそうで、大きくて」

ボタンをすべて外して前を開けば、乳肉がさらに大きく感じられた。ブラウスに多少締めつけられていたからだろう。

芳花はブラウスから腕を抜いて速やかに脱ぎ去った。

「ありがとうございます、星一くん。じゃあ次は下ですね」

「えっと、スカートは……ここで留めてるのかな」

戸惑いながらもスカートのホックを外す星一に対し、芳花はズボンを膝まで降ろしていた。真貴子とおなじく男慣れした手つきだった。

「まあ、まあ、ズボンにくっきり……すごい」

ボクサーブリーフに浮きあがる屹立《きつりつ》が芳花の目を釘付けにした。

「下もムチムチなんですね」

スカートが下に落ちると、豊満な尻肉に薔薇色のショーツが食いこんでいた。

自然と触りあっていた。

星一はたわわに実った桃尻を。手の平にずっしりと沈みこむような重みを感じて、どうしようもなく昂ぶってしまう。

芳花は凝《こ》り固まった逸物を、最初はゆっくり下から上に撫で、徐々に荒々しく、期待感を手指にこめて揉みこむ。

「ああ、硬い、大きい、素敵、ステキ……！　若い子の体、においい……！」

彼女がすんすんと鼻を鳴らして男を嗅ぐ様はまるで獣だった。女は三十を過ぎると加速度的に性欲が増すと言うが、こんなところで彼女の年齢を感じるとは思いもしなかった。

星一からすればおばさんと呼ぶべき年長の女性である。

だが初対面の彼女から感じたのは老いや劣化ではない。年長者の余裕とでも言うべき成熟《せいじゅく》である。化粧のせいもあるだろうが顔は若々しいので、大人の魅力だけ抽出されている印象すらあった。

だがその余裕がいまは崩れ去り、残されたのはメスの情欲だ。

「ねえ、いいでしょ？　直接触ってもいいでしょ？」

頬を染め、切なげに甘い息を尽きながら、目はギラついていた。

それを厭《いと》うような気持ちは星一にはない。あくまで美人ではあるし、激しく求められて男の自尊心がくすぐられる。相手が年上だからこそなおのことだ。

「じゃあ、まず脱ぎましょうか」

努めて冷静に振る舞う。興奮のあまり酷《ひど》い乱暴をしかねないから。

「ええ、そうね……ごめんなさい、取り乱してしまって」

芳花は殊勝《しゅしょう》な態度を取りながら、下着を脱ぐ動作が慌ただしい。おかげで肉が揺れる。胸が揺れる。魅惑の果実が重たげにたぷんたぷんと揺れる。ブラジャーが外れるとさらに量感が増して、もはや視界がすべておっぱいになる勢《な》いだ。

途方もなく広い肌色の球面、その先に赤いラズベリーが生っていた。乳房のサイズに比例して大きい。さぞかししゃぶり甲斐があるだろう。

胸にばかり見とれているかと言えば、そうではない。

ショーツが脱ぎ去られると、たちまち生々しいメスの匂いが立ちこめたのだ。

自然と視線が引き寄せられた。

匂いの元はふっさりと濃い茂みの下。割れて開いた濃い色の肉花がとろりと蜜を垂らしながら、ヒクヒクとわなないている。

「すごい……」

なんて物欲しげな穴だろう。入れたら絶対に気持ちいい。

「すごい……」

芳花もおなじことを呟いていた。パンツを脱いでそそり立った逸物に目を奪われている。こちらも鈴口から先走りを漏らして物欲しげにしていた。

「ま、まずはシャワーを浴びましょう……ごくっ」

最初はシャワーで首から下を濡らした。

次いでボディソープを手にいっぱい取る。

塗りつけるのは自分の体でなく、目の前の異性の肉体である。

「柔らかい……」

「んっ、ふぅ、硬い……」

たがいに感嘆する。

星一は柔胸をつかんで全体にソープを塗り広げた。手からこぼれ落ちそうなほどの重量感を楽しみつつ、しっかりと泡立てていく。

芳花は最初に肩に触れた。そこから腕に降りて上腕二頭筋を揉む。彼女が硬さを求めているのはあきらかなので、星一もしっかり力をこめておいた。

「手もゴツゴツして男らしい……！　んっ、ああッ、こういう手って揉まれてるだけですっごくいやらしい……！」

揉まれただけで身震いするほどよがっている。感度は真貴子より上だろうか。それとも筋肉質な男に触られる状況に興奮しているのか。

「揉むのもいいけれど……すこし抱きしめてくれないかしら」

「こう、ですか？」

おっぱいを触りたい男心を抑えて相手の要望に従ってみた。

抱きしめた途端《とたん》に彼女の口から感嘆の声が漏れる。

「ああ……！　たくましい腕で抱きしめられるのって、ドキドキする……！」

「俺も……芳花さん柔らかくて気持ちいいです」

芳花の体はすべてが柔らかい。腕や背中まで、肥満に見えない範囲でうっすら皮下脂肪があって抱き心地が良い。いきなり胸を揉まずとも充分に楽しめただろうと反省させられる。

加えて大胸筋に当たった乳肉が軟らかに潰れて存外心地良い。

「もっと強く抱きしめてください……！　男に、若い男の子に抱かれてるという感覚を味わわせてほしいんです……！」

「こうですか？」

「あぁッ、はあぁ……！　そう、そうですっ、ステキぃ……！」

腕を彼女の体に沈めるように力を込めれば、甘いうめきが大量に返ってきた。まるで陰部を愛撫したかのようなリアクションである。

（性感帯を責めなくても気持ちよくなってもらえるんだな）

またひとつ性戯の学習をしながらも、欲望はまだまだ止まらない。

たがいに体をかき抱き、ボディソープを塗り広げていく。

泡まみれで滑りあううちに、気がつくと腰を下ろしていた。ラブマットが敷かれているので座り心地は悪くない。

芳花は豊かな胸を星一の股のうえに乗せていた。

「あっ、くっ、挟まってますけど……！」

「ええ、こんなに硬い……女を泣かすための悪いおち×ちん……」

横乳が左右から押さえられ、肉棒を優しく強く包みこむ。先端までみっちりと隙間なく。ソープまみれの皮膚の下にみっちり詰まった柔肉が、得も言われぬ甘美な圧迫感を生み出していた。

「わかるわ、このおち×ちん……とってもエグくて女泣かせ」

「え、えぐい、ですか……？」

「だってこんなに乱暴に脈打ってるんだもの。経験はすくないけど将来有望だと真貴子さんが言っていました……私もそう思います」

芳花の息が乱れ、胸の動きが速くなっていく。ともすれば痛いほどの摩擦感が生じていただろう。泡の潤滑があればこそ芯まで染みこむ快楽となるのだ。

「あうッ、ううぅ……！」

「イキそうですか？　出したいですか？」

「で、出るッ、出ますっ……！」

「嬉しい……たくさん出してくださいね。女は自分の体とテクニックでたくさん出されるのが一番幸せなんです。んっ、んっ、んっ」

とびきり強く締めつけられ、星一は限界に達した。

「うッ……！」

亀頭が快感で爆ぜた。

吐き出された熱汁は肉の密室に一瞬で行き渡る。生暖かくも絡みつく感覚に星一と芳花は酔いしれた。

ぶぴゅり、と谷間を突き破った白濁が芳花の頬に飛びつく。

「ああっ……すごい勢い！　量もすごい……！　ぜんぜんだわ、礼司くんよりぜんぜんすごい……！」

彼女の言葉に星一の胸が激しく鳴った。

「門馬よりも……？」

「ええ、ええ、すっごくいっぱい……！　礼司くんも少なくはなかったけど、ここまででは、あっ、すごいっ、まだ出てるわ……！」

射精が長ければ長いほど快感も持続する。星一は絶頂の坩堝《るつぼ》でさらなる興奮を感じていた。

自分には妻を寝取った男よりも勝る点がある。

男としてアイツに勝てる。

法悦とともに昂揚感が全身に波及した。

「俺、まだまだ出ます……！　芳花さん、もっとしましょう！」

「こんなに出したのに……まだするのですか？」

芳花は艶美に笑い、たわわな胸を左右に開いた。特濃の白濁が乳間で粘度たっぷりに糸を引く。汚らしい光景だからこそたぎるものがあった。穢《けが》れた性欲でマーキングした実感だ。

礼司のモノだった女を奪い取っている感覚。

頭皮の毛穴が開いて背筋がゾクゾクと震える。

「芳花さん！」

「あんッ……！」

星一は芳花を壁に押さえつけた。

姿見に手を突かせ、立ったまま後ろから秘処に狙いをつける。

「ああっ、こんな乱暴に……！」

「でもすっごく濡れてますよ。ほら、クチュクチュ言ってます」

「ひあんっ、ああっ……！　熱いぃ……！」

入り口を亀頭で擦ると愛液がしとどにあふれ出す。愛撫の必要もない。

一息にねじこんだ。

「ぁあああッ……！　大きいぃ……！」

「うっ、はあ……柔らかくてあったかい……」

挿入の快楽に背筋を震わせる芳花。その内側は緩《ゆる》めの肉洞《にくどう》だった。緩めだからと言って、気持ちよくないわけではけっしてない。やんわりペニスに絡みつくため、かえって粒襞《つぶひだ》の感触を強く感じるぐらいだ。

そんな中、亀頭がコリコリした塊に押し当たる。

「あうッ……！　奥っ、ああっ、当たってて、ああんっ、あぁああ……！」

「ここって、やっぱり……子宮口、ですよね。そんなに気持ちいいんですか？」

「いいっ！　ああんッ、子宮弱いのっ、ダメぇえ……！」

腰を揺らしてグリグリと刺激すれば、芳花の腰が切なげによじれた。肉厚な桃尻が乳房に負けずに揺れ動き、なんとその肉の重みが膣内に負荷をかけてくる。穴自体の緩さを帳消しにするほど強烈な刺激だった。

「おま×こ、すごく気持ちいいです……！」

いま感じていることを素直に言葉に変えた。相手が気持ちよくなってくれることを悦ぶ気持ちに男女の差はない。真貴子のときもそうだった。

鏡に映った芳花の顔はうっとりと幸せに満ちている。

「もっと、いっしょに気持ちよく……！」

「はい、芳花さん……！」

星一は腰を振った。

後ろから腰をつかみ、すこしずつテンポをあげていく。

柔らかな肉壺はぱちゅぱちゅと水音を立てて応えてくれる。もちろん上の口もあからさまなぐらい嬌声をあげていた。

「あんッ、ああッ、あぁああ……！　すごいっ、すっごく当たってるッ、あああッ、この体位すっごく良いところに当たる……！」

たしかに子宮口に当たりやすい体勢だった。鏡に手をつき、上体を起こし気味に尻を後ろに突き出す。まっすぐねじこむだけでGスポットにも当たりやすいし、奥まで行けば子宮口を打てる。真貴子とのセックスで学んだ女の弱点だ。

「本当にここ弱いんですね。ほらここ、ほら、ほらっ！」

すこし強気な口調で責めれば、芳花の身悶えはさらに大きくなる。

「ひんッ、アアッ、あーッ！　はいぃッ！　弱いですッ！　おち×ぽに逆らえなくなるんですぅぅッ！」

鏡を見れば彼女の顔は随喜の涙にまみれていた。男と交わる快楽に逆らえないメスの表情だ。冷静沈着な大人の女性のイメージはとろけて消えている。

なぜだか無性に血が騒ぐ。

もっと彼女を責めたいと思った。

「おま×こ弱すぎですよ、芳花さん」

星一は身を屈めて彼女の耳元で囁いた。

ビクビクと背筋が震え、膣内がきつく収縮する。

「あぁッ、ごめんなさいッ、おま×こ弱くてごめんなさいぃ……！」

謝罪をすればますます蜜が漏れ、結合部からふたりの脚に伝い落ちていく。

露骨な反応からして間違いない。山崎芳花はＭだ。

（ならもっと意地悪したほうがいいのかな）

おっかなびっくりな心情を表に出さず、サディストらしさを意識して囁く。

「体つきが完全にメスだし、後ろから犯されるのが似合うね」

「んんんッ、いやぁああ……！」

喘ぎ声のオクターブがあがった。尻肉が波打つほど腰が震えている。

なるほどと星一は納得した。

ただ体の性感帯を責めるだけがセックスではない。心の弱点も突くのが男女関係の妙なのだろう。

「ここもいじめられるの好き？」

問いかけながら、手を柔腰から柔胸へと滑らせ、突端の赤いナッツを軽く弾く。

「ひっ、ぃんんんッ！」

「いやらしく膨らんでて敏感ですね」

指で何度も弾くたびに声が高く、吐息が甘くなっていく。

もちろん腰遣いも忘れない。最奥を押し潰す動きで、ぐりぐり、と捻転。鏡に映る芳花がヨダレを垂らして悶え狂う。

「はひっ、はへっ、効くッ、それ効くッ、あぁあああッ、だめぇええ……！」

ぎゅぎゅっと柔穴が窄《すぼ》まった。緩かった締まりが一転して、肉厚な膣壁がペニスを絞りこんでくる。

「くううっ、この、この淫乱《いんらん》ッ！」

星一は精いっぱいの責め言葉を吐いて腰を振り立てた。

乱暴なほど激しく子宮口を潰し、大きな乳首をつまみあげる。

「ひいッ、ひいッ、イクッ、イクッ、イクぅうううッ」

芳花は鏡を引っかいて逆海老反りにのけ反った。

熟乳が弾み、膣内まで激震する。その刺激に星一も耐えられない。

「出るっ……！」

ドロドロの熱液を弾丸のごとく膣奥に射出する。長く尾を引く快楽の射撃にふたりは至福の痙攣をきたした。

「あぁあああッ、中出しっ、ダメっ、許してぇ……！」

自分よりずっと年上の女性が許しを乞い、媚《こ》び声《ごえ》でよがっている。とびきりの征服欲に駆られて、次から次へと白汁があふれ出た。

「絶対に許さない……！　もっとだ、もっと思い知れ……！」

M女をいじめる悦びを星一ははじめて知った。

一回イッてから、ふたりは体を洗うことに専念した。

シャワーで泡と体液をしっかり流すと浴室を出て、バスタオルで水分を余すところなく拭《ふ》き取《と》る。

その最中、芳花と今回の件について言葉を交わす。

「真貴子さんと話しあったんです……星一くんにはココの扱いをもっともっと上手になってもらおうと。そのための練習相手に私が立候補しました」

「練習のために、ですか……？」

「ええ……あなたもセックスが上手くなりたいでしょう？」

星一は生唾を飲んだ。美玲と礼司にセックスの下手さを嘲笑されたことを思い出し、腸《はらわた》が煮えくりかえる。

「なりたいです……門馬礼司よりも上手く」

「アソコのサイズなら負けてません。真貴子さんから話を聞いたかぎりでは、精力ではすでに上まわっているんじゃないかと」

「顔は……負けてるかもしれないけど……」

「それはメイクを覚えれば簡単に補えますので問題になりません」

「じゃあ、あとは……テクニックが問題、というわけですね」

芳花はうなずいたが、星一は一抹《いちまつ》の不安を覚える。

「アイツはセックスが上手いんですよね……たくさんの女性が夢中になるぐらい。俺、本当に勝てるんでしょうか……？」

門馬礼司は歴戦のヤリチンである。つい最近まで美玲以外の女を知らなかった星一とはまるで違う。一朝一夕《いっちょういっせき》で勝てる気はしなかった。

目の前の女性がクスリと笑う。

「イケメンってあまりセックスが上手くないんですよね」

「それは……どういうことですか？」

「顔がいいと女はそれだけで良い気分になって興奮するんです。だから大してテクニックがなくても女を悦ばせることができて——」

「自分をテクニシャンだと思いこむ、と？」

「はい。恥ずかしながら私も、彼のそういうところに惑わされて……」

つまり自分はやはり顔では礼司に劣っているのか。星一はすこし落ちこみ、その何倍も意欲を燃やした。

顔で勝てないなら、テクニックで勝つしかない。

ベッドにあがると、血気盛んに芳花と絡みあった。

彼女は仰向《あおむ》けで自分の膝を抱え、秘処を大々的に披露している。

「ここ……女の一番弱いところを刺激してください」

ふっさりと濃い陰毛に彩られた肉色の緋唇が白濁液を漏らしている。精液と本気汁の混合液がゆっくり垂れ落ち、シーツに染みを作る。男がほしくて垂涎《すいぜん》する様に星一はがぜん奮起した。

「やっぱりクリトリスがいいんですか？」

いったんSっ気を抑え、受講者の気分で訊ねつつ陰核を撫でた。肉鞘《にくざや》越しのソフトタッチに、芳花の肉付いた太ももが波打つ。

「そ、そう、クリトリスはだれでも弱いから、あっ、最初にアソコに触れるなら鉄板で効きます……んっ、あぁッ」

「なるほど……あ、剝《む》きますね」

「ひあぁっ」

皮を剝いて赤い真珠に触れてみれば、肉尻がぶるりと震えた。

指の腹でソフトに押さえ、ゆっくりさすれば、蜜漏れが目に見えて増量する。

「そ、そう、そのまま、穴にも指をちょうだい……！」

「こうですか？」

「ぉひぃぃぃいぃッ」

片手でクリ責めを継続しつつ、他方の手で中指を挿入。温かい襞肉がにゅるにゅるとしゃぶりついて心地良い。浸《ひた》っていたい気持ちもあるが、いまは芳花の体でテクニックを磨《みが》くのが最優先だ。

「弱いところは、たぶんここですよね」

指を上に向け、根元から曲げる。腹側の膣壁に潜むGスポットを責めるためだ。

「ひっ、あっ、そこッ、そこぉぉ……！　そこを擦るんじゃなくて、押す感じで刺激してください……！」

「こうですか？」

「はぁああッ、あっ、そうッ、押して、揺らす感じ……！」

「こうですね？」

「ひぃぃッ、ひっ、ひっ、イキそう……！」

芳花は歯を食いしばって快感に耐えている。ちょっと弱すぎるんじゃないかと突っこみたいところだが、今は教わっている立場なので星一も耐えた。

「あ、無理ッ、出る出るっ、出るぅーッ！」

「え、あっ、ほんとだ、出てる」

星一の手にびしゃびしゃと透明なしぶきが叩きつけられていた。潮噴きというやつだろう。はじめての経験に困惑もあるが、悪い気はしない。

(目に見える形で成果が出ると嬉しいかもしれない)

年長者の尊厳を穢した充実感も強い。

「ほんと、上手です……こんなに早く潮噴きさせられるなんて……」

単に彼女が感じやすすぎるだけの気もするが、やる気を掻きたてる言葉だ。

「次は奥も試していいですか？」

「は、はい、奥、好きです……！　ぜひ虐《いじ》めてください……！」

期待の目で見られながら、中指を深く埋めていく。湿り気と熱感の坩堝をこすりながら、奥へ、奥へ。

中指が根元まで入った。指の腹にすこし硬い突起が当たる。

ぐっと押した。

「おへッ！　へぁあああッ……！」

「すごい声が出てますよ」

「奥っ、ほんとうに弱いんです……！　セックスした数だけ気持ちよくなる部分だから、礼司くんにいっぱい突かれて弱くなっているんです……！」

礼司の名を聞いて、いら立ちが募った。

「たとえば……こうしたらもっと当たりやすくなるんじゃないですか？」

それは思いつきだった。

陰核を親指でこすりつつ、残る四指で下腹をぐっと押さえる。もう一方の手の中指の感覚からして、ちょうど子宮の位置のはずだ。

子宮口が膣内に押し出され、中指の腹に当たる。Gスポットのときとおなじ要領で、押さえつつ揺らすイメージで刺激してみた。

「あッ！　ああッ！　それっ、あぁあああッ、ダメッ、ダメダメダメッ、そんなことっ、されたことないッ、ないぃぃぃッ！」

芳花が身悶えしてまた潮を噴く。

みっともないほど噴きまくる姿が、星一に愉悦を感じさせた。

「されたことないっていうのは、礼司にも？」

「は、はいッ、はあぁッ……！　ただ突いてるだけでも当たるから、それで気持ちよくなってしまって……！」

以前の自分と大差ない。違うのは彼がイケメンで、かつての星一よりは体が引き締まっていたという二点。それだけでセックスの快感はまるで違ったのだろう。だから美玲は散々バカにしてきた。

だが、いまは違う。

ジョギングと筋トレで別人のように筋肉がついている。

テクニックにしても礼司ができなかったことを今まさにしている最中。

「もっとイッて！　もっと噴いてください！」

「ひっ、ひっ、恥ずかしいッ、いやっ、いやあぁぁあ！」

羞恥に鳴くたび芳花は感度をあげていく。

やはり彼女はMなのだ。

星一は彼女の体の敏感な部分を徹底的に責めたてた。

正常位で挿入したのは、芳花を数えきれないほどイカせてからだった。

すでに弱点は把握《はあく》しているので、ひと突きでまたイカせた。

「ひんっ、ひぃッ、ひあぁああああああーッ！」

立ちバックのときより角度を意識し、斜め下から突きあげる。こうすればGスポットから子宮口までを一度に刺激できるのだ。

たやすく達した芳花を解放するつもりはない。

「あー、気持ちいいなぁ。この穴、最高」

Mが悦びそうな言葉遊びをしながら、わななくイキ穴をかきまわした。

「待って、待ッ、あへッ！　イッてるッ！　イッでるからああッ！」

乱れた声は喉が裂けそうなぐらいの低音だった。彼女の容姿から想像できない獣の声である。取《と》り繕《つくろ》えないほどの快楽に駆られていると思えば、ますます責めがいがある。星一の腰が躍動した。

「あひッ、あへッ、おへッ、へぅうううッ……イグッ！」

容易なオルガスムスに芳花はくり返し悶絶した。

当初は柔らかく緩かった穴も度重なる絶頂でいまや抜群に締まりが良い。この収縮率こそが熟女の味わいなのかもしれない。

「俺のチ×ポ気持ちいい？」

星一はあえて下世話な言い方で訊ねてみた。

「いいっ、すごくいいッ！　こんなの狂っちゃうわあッ……！」

「礼司のとくらべてどう？」

勢いで訊ねてから、汗に濡れた体がゾクリとする。

もし、礼司のほうが良いと言われたら。

いまだセックスを知りはじめたばかりの若造がなにを生意気な、とも思う。芳花や真貴子との行為はこれから上手くなる過程でしかない。

けれど、それでも。

美玲以外からも明確に礼司と序列をつけられたら、耐えられない。

きっと二度と立ち直れない。

「星一くんは……」

芳花の声に息が詰まりそうだ。

そのとき不意に彼女が首を抱きしめてきた。

腰にもむっちりした脚が絡みつく。

強く強く抱擁して、感極まった声を聞かせてくる。

「彼より、すごいかも……！　こんなに弱いとこ上手に当ててくるなんて、ああッ、それに二回も出して休憩もなしで元気で、すごいッ、すごいぃ……！」

さらに彼女は唇を重ねてきた。しかも即ディープキス。犬が飼い主にじゃれつくような忙《せわ》しない舌遣いだ。

お世辞を言えるほどの余裕は感じられない。

たぶん本音だと、そう思った途端に全身が熱くたぎった。

れろれろ、ちゅばちゅばと舌を絡ませながら、全力で芳花を抱き返す。全身すべてが柔らかくて心地良い。壊れるほど強く腕で締めつけると、芳花の体も熱くなった。

突けば突くほど熱が増し、口づけの深みも増していく。

「んちゅっ、ちゅっちゅっ、ぢゅるるッ、れろれろれろッ、ちゅばあっ」

上も下も水音にまみれて脳を痺れさせる。

無我夢中で快楽を貪りながら、腰遣いの要点は忘れない。まっすぐ突くのでなく、角度をつける。亀頭で最奥の突端を潰すのだ。

「あちゅっ、はぎっ、イッグ！　イグッ、あぉおおおッ！」

ディープキスの狭間でメスが鳴いた。

星一の股にもドロドロの欲望が濃縮されて爆発寸前だ。

「出すぞ、芳花ッ！」

あえての呼び捨て。

全力での突きこみ。

子宮口を叩き潰した瞬間、星一は欲情の澱《おり》を噴出した。

「ぁひぃいいあああッ！　イグイグイグッ！　イッグぅうううぅうううう！」

星一の背に爪が立てられ、尻にカカトが食いこむ。その痛みもまた芳花の絶頂を表していると思えば、射精がますます勢いづいた。

それでも終わらない。

長い射精を終えても星一は留まらない。

芳花の腕をベッドに押さえつけ、さらなる嗜虐《しぎやく》をはじめる。

「もっとだ……もっと犯してやるぞ、芳花」

「ああ、いやあ……！」

かぶりを振って拒絶する芳花だが、その目は喜悦と期待にとろけていた。

第三章　美女たちとの淫戯レッスン

星一の日常は忙しくなった。

まず依頼が増えた。

山崎芳花が本当に仕事を回してくれたのだ。

「成果次第で今後も継続的に仕事を回すことも考えていきます」

おかげでしばらくは食いっぱぐれずに済む。ひとまずは先行きの心配なく自宅で仕事をし、ジムに通う日々を送れた。

加えて、ひとつ。

真貴子と芳花に最低でも週一回ずつ会うのが定例となった。

「だからって、こんな高そうな場所を使わなくても……」

ホテルのレストランで星一は肩を縮めていた。

対面の真貴子は洒落《しゃれ》たフランス料理を堂に入った様子で楽しんでいる。ナイフとフオークの使い方からして慣れが感じられた。

「でも日和さんがいるのはこういう世界よ？　慣れておいたほうがいいでしょ」

「誘うならこういうレストランがいいんでしょうかね……？」

「日和さん自身はラーメン屋でも気にしないでしょうけどね。あの子が誘ってくるとしたら、こういうお店でもおかしくないわよ」

星一は閉口した。

普段は外食してもラーメン屋や牛丼屋、ハンバーガー屋ぐらいのものだ。レストランと言えばせいぜいファミレス。生活のレベルが日和とは違う。

ここしばらくの星一は、そうやって真貴子と芳花に面倒を見てもらい、言わば男としてアップグレードする活動を続けていた。

芳花と会う少し前に、真貴子から計画を持ちかけられた星一は、その大胆な企みに思わず絶句したものだ。

「つまり真貴子さんは、弟さんの婚約者を、俺が、その……」

「寝取っちゃえってことね」

「でもそれって、いいんですかね。寝取りってやっぱり、よくないことだと思うんです。俺はともかく、日和さんにとってよくないんじゃないかと」

できるできないの話は置いておく。

妻を寝取った男から婚約者を奪う。そうすることで出世の手段を奪い、会社からも放逐《ほうちく》する。放逐の後押しには芳花も協力してくれる、というのが作戦の概要だ。

その渦中で清水屋日和がどうなるのか、考えると気が引けてくる。

「日和さんを利用するのは申し訳ないというか……ただ別れさせるだけなら俺が寝取るなんて形にしなくても良いんじゃないでしょうか」

「うちのバカ弟は一度ぐらい男として完敗しなきゃダメなのよ。それに会社から放逐だけできても、日和さんがバカを好きなままじゃそれこそ可哀想じゃない」

「なら弟さんの悪いところをしっかり理解させて、それで諦めさせるってほうが良いような気がするんですけど」

「ダメな男ってわからせるだけじゃ危ないのよ。かえって母性本能がくすぐられて、このひとには私がいないとって……うん、なりそう。日和さんってたぶんそういうタイプなのよ。ダメ男に騙されやすいタイプ」

釈然としなくて、星一は腕組みでうなるばかりだった。

「そういうマジメな星一さんだからお願いしたいのよ」

真貴子はワインを口に含み、企《たく》み深く笑みを浮かべた。

食後はホテルの一室にふたりで入った。

ラブホテルとは段違いに落ち着いた内装で、浴室が透けていたりもしない。はめ殺しの窓ガラスからは夜景が見下ろせる。

「こんな高いところに泊まるのは初めてです」

「こういうのにも慣れておかないとね」

真貴子はほろ酔い気分で火照った体をベッドに投じた。身につけているのは黒いレース入りのフォーマルなロングドレス。スポーティだった出会いの印象と正反対に上品な出《い》で立ちで、上流階級の美人妻という風格があった。

「今日は優しい触り方を勉強しましょうか」

「優しい、ですか」

「星一さんもなんとなくはわかってるでしょ？　あんまり強く触るよりも優しく触れたほうが感じやすいって」

「話には聞きますけど、正直あんまり実感はないかもしれません」

「男の子だって変わらないのよ。こんなふうに……」

星一がそばで膝をつくと、真貴子は首筋に手を伸ばしてきた。指先で、触れるか触れないかの距離を保って、ゆっくりと撫でる。

ぞわり、と微感が走った。

「うわっ」

反射的に身が竦む。こそばゆくも心地良い感覚に神経が反応していた。

思えば彼女からの愛撫にはその手つきが多用されていた。

「基本はこの触り方。強い触り方は慣れてるひとか、よほど興奮してるか、Mっ気がかなり強いひとじゃないと気持ちよくならないの。でもフェザータッチならだれでも感じると思っていい。覚えておいてね」

「はい……なんとなくじゃなくて、もっと意識してみます」

まずは形から入ることにした。

真貴子の白い首筋に手を伸ばし、指先で産毛《うぶげ》をなぞるようにくすぐる。

「はあ……んっ、ふぅ、いいわぁ、とっても……」

肩と腰が静かによじれ、心地良さげに吐息が漏れた。効果は覿面《てきめん》。

首筋から形の良い胸に降り、触れるか触れないかで全体を撫でまわす。

「んんっ、ふあッ、ああ……そう、乳首はあえて触らずに焦らすのもいいわね」

「なるほど……乳首以外だと、横のほうが感じやすそうですね」

「んっ、んっ、ぁあ……そう、ね、腋から乳首へのラインが弱いひとは多いと思うけど、個人差もあるから、はあっ、んん……！」

「相手の反応を見て確かめろ、ということですね」

「反応だけじゃなくて、こうやって直接聞くのも大事よ……んっ、ぁぁ、セックスはコミュニケーションって言うのはそういうことなの、あんッ」

過去を思い出せば、美玲とのセックスはコミュニケーション不全だった。

かつての星一はがむしゃらなだけだった。

美玲はアンアンよがることもあれば、つまらなそうにしていることもあった。たぶん機嫌がいいときは演技でよがって見せ、気分が昂ぶって感じやすくなっていたのだろう。逆に機嫌が悪ければふてくされ、自分から要求するのも億劫《おっくう》といった様子。問いかけられるのも面倒くさいといった態度で、対話の余地がなかった。

(でも、真貴子さんはちゃんと対話してくれる)

セックスの教師としてこれ以上の人材はない。

「このあたりはどうですか？」

腋《わき》から脇腹へ手を滑らせていくと、真貴子はくすりと含み笑いを返す。

「んっ、ふふっ、腋は感じちゃうけど、下がりすぎると感度は落ちるわね……でも、この感触も好きよ。性感帯じゃないけど性感を高める感じというか」

「胸とか触るまえにそういう場所を撫でるのもアリってことですか？」

「そう、そういうこと……んっ、んぁ、はあ、まったりしちゃうわぁ……」

星一は真貴子の体のいたるところを撫でた。

胸や股以外の部分の性感帯を逐一確認するために。

性感神経を温めて感度をよくするために。

反応を見るだけでなく、均整の取れた美しい肢体に触れる喜びもあった。

「真貴子さんってスタイルいいですよね」

「うふふ、ジムに通いだして、以前より引き締まったからね……あっ、はあ……上手よ、もうだいぶ濡れてきちゃってるかも」

「乳首もアソコも避けてるのに？」

「だからこそよ……焦らされてムラムラが止まらなくなってきちゃった」

「なるほど、たしかに……」

下が濡れているかはわからない。視認できるのは胸。ほんのり突っ張っているのが服の上からでもわかる。

星一はその周囲を重点的にくすぐることにした。

「んッ！　あぁ……そんな、すっごく意地悪だわぁ……！」

「焦らされるのが、お好きそうだったので」

「うふっ、悪いひとね……あんッ、はあ、はぁ……！」

真貴子はもどかしげに足でベッドを掻いた。

触った感触だと薄い布の下にしっかりブラジャーの硬い生地がある。乳輪への刺激はほとんど届いてないだろう。だからこその焦らしなのだろうが――。

「ひゃうッ」

嬌声が跳ねた。

突端を爪で鋭く引っかいたのだ。

いままでと一転して強い刺激だが、ブラ越しならちょうどいいだろう。

「こうすると感じやすいっていうのは知ってます」

カリカリと乳首を掻きつづけると、真貴子の声が悩ましげに色づいていく。

「あっ、ああっ、あんっ、あんッ、はあッ……そう、とってもいいタイミングだったわ……焦らされて焦らされて限界寸前の乳首を一気に責めるの、んんッ、すっごく好きな責め方よっ……あぁんッ」

彼女の膝がきゅっと閉じられ、小刻みに震えだす。

「もしかして、ものすごく濡れてません？」

「バレた？　そうなの、濡れちゃったの……濡れ女みたいな妖怪いたよね」

妙に高いテンションで冗談めかすのは、余裕を誇示するためか。だとしたら、男として突き崩すべき余裕だろう。

星一は片手を胸から腹へと這わせ、さらに降下させていく。目指す場所は彼女も見当が付くのだろう。急に無口になり、鼻呼吸が激しくなる。

「スカートまくってください」

「私がめくるの？」

「ええ、自分で見せてください」

「ずいぶんとSっ気が強くなったわね……芳花さんのせいかしら」

真貴子はくすりと笑ってスカートをまくりあげた。汗ばんだ太ももがわずかに開かれると、セクシーな黒のショーツがむわりと媚臭を漂わせる。色のせいで濡れているかは見てとれないが、匂いのせいで隠しきれない。

狙いは淫香の源。

脚のあいだに手を差し入れ、ショーツを掻いた。

「あうッ！　うっ、ああッ……！」

人差し指から薬指までの三指で布越しの秘処を引っかく。乳首のときより強めに責めても、感度があがったうえで布越しならば問題ないと判断した。

「こうやって掻くのって、服越しなら効くみたいですね」

「あっ、んんッ！　そう、そうなのっ、強い刺激がすごくイイ……ヒッ、あんっ、あッ、感じちゃうッ……！」

真貴子は背骨をくねらせて感じ入っていた。

爪がショーツの布地をこすって通過するたび、繊維の合間から蜜があふれる。

下のほうはとくに柔らかく、爪が深く沈む淫液の沼だ。男とつながり赤子を生み落とすための入り口である。

一方で、上のほうにはすこし硬い粒があった。とびきり敏感で反応が大きい。クリトリスだ。

それらが秘裂に沿って一直線に並んでいる。集中的に責めるべき場所だろう。

が、あえて星一は雑に引っかいた。

「あっ、あっ、ああッ、んぁああッ……！」

人差し指、中指、薬指。三指でざりざりと。中指が敏感ラインに当たりやすいので、むしろ弱めに。人差し指と薬指で周辺をやや強めに。

感じさせながらも焦らしていく。

快感を募らせていく。

あっという間に黒のショーツは愛液浸《びた》しになっていた。

彼女の総身は愉悦の極みに震えあがる。

「ひあッ、ああッ、イクッ、イクぅうぅッ……！」

次の瞬間、真貴子の美肢は狂おしく痙攣した。大量の愛液がショーツを貫《つらぬ》いて星一の手を、そしてベッドにまで染み広がっていく。

「イッてくれて嬉しいです、真貴子さん」

掛け値なしの本音で星一は喜んでいた。女性をイカせたときの達成感は心を癒やしてくれる。女を寝取られた傷がすこしずつ塞《ふさ》がっていく。

感謝の気持ちをこめて、さらに乳首と股を引っかいた。

「んっ、ああっ、星一さん……！　もう、しましょ？」

真貴子はとろんとした目で星一を見つめ、強く抱きついてきた。激しく唇を重ねると、口紅が星一の口元を赤く汚した。

「前戯の次は腰振りの練習……いろんな体位でどんな角度をつければいいか、実地練習するのよ。星一さんだってしたいでしょ？」

星一の股間に快感が走った。肉棒を握られ、慌ただしくしごかれている。

「うっ、あうッ……！」

「星一さんもガマンできないでしょ？　このガチガチに勃起したの、私に入りたくてウズウズしてるわよ？」

自分でも驚くほど感じやすい。真貴子の痴態に充血し、性感帯として完全に仕上がっていた。言われたとおり、すぐにでも挿入したい。

「しましょ、セックス」

「します、セックス」

ふたりは絡みあった。

下着だけ脱ぎ、服を着たまま、ベッドにあぐらをかいた星一のうえに真貴子が座る。対面座位である。ちゅっちゅっと浅くキスをしながら、腰を擦りあわせる。

鋼の熱棒と湿潤した裂け目が結合した。たがいに準備万端だったせいで、根元まで入った途端に歯噛みで耐えなければならない。

「くっ、ううッ、気持ちいい……！」

「あんっ、あぁッ……！　どこが、気持ちいいの？」

「え、俺が言うんですか」

「女だって男がどう気持ちいいのか知りたいものよ」

星一はすこし悩み、すぐに切り替えた。女が求めるものを明確に口にしているのであれば、それは与えるのが最適な愛撫だと思ったからだ。

「チ×ポが気持ちいいです、真貴子さん……！」

「そうよね、気持ちいいわよね……！　私も、あんっ、この穴がっ、濡れ濡れでいやらしいおま×こがすっごく気持ちいいわぁ」

自分で言って膣内をうねらせる。

さらに腰までよじらせる。

「ううッ、はうッ、くうぅ……負ける、かあッ」

星一は肛門に力をこめて暴発を防ぎつつ、ゆっくり腰を上下させた。座っているので動きにくいが、ベッドの弾力を借りれば最低限の上下動にはなる。

その際に腰の角度を意識した。

いままでの経験に従い、腹側の性感帯を擦って奥を打つ角度である。

が、やはり動きにくいせいで手応えがすくない。

「うっ、ふっ、ふっ、くそぅ、こうじゃない、かな……！」

「こうよ、あんっ！　ここに当てるのよ、あああッ」

真貴子は腰を前後させてみずからGスポットに当たりやすい角度を作った。

「こうですかッ！　こう、こうやって、うくうッ……！」

「そうっ、イイわッ、あぁんっ！」

狙いが定まると真貴子は動きを止めた。

星一は自力で膣内を調べつくすように動いた。

「あんっ、はあッ、あぁあッ……！　あッ！　そう、そこッ、んぅうッ、当たるっ、上手よっ、はあぁあッ……！　そこ効くぅ……！」

「よかった、当たりますか……！」

「大きいから当たりやすいのはあるけど、あひッ！　探られてるような感じ、ゾクゾクしちゃう……！　はああッ、あーッ、あーッ！」

景気よく喘ぐ真貴子に対し、星一も余裕があるわけではない。むしろ濡れそぼってよく締まる蜜穴が抜群に気持ちよくて、油断するとすぐイッてしまいそうだ。

以前なら屈していたかもしれない。

だがいまの星一には負けてたまるかという気持ちがあった。門馬礼司に負けた屈辱は反骨心となって男の意地を奮《ふる》い立たせる。体を鍛えたので射精を堪えるだけの筋肉だってあるのだ。

「負けないっ、ううぅ、どうだッ、真貴子さん、おま×こどうだッ！」

「ひぅんッ！　あはっ、それエグいわあッ！　子宮にゴリゴリくるッ、気持ちいいのお腹いっぱいに響いちゃうッ！　はあぁ……！」

真貴子は快楽に顔を歪《ゆが》めたかと思えば、愉しげに笑みを浮かべる。スポーツに興じるような態度が星一にも幾ばくかの余裕を与えていた。

「よし、もうわかった……！　ここですね！」

「あはんッ！　命中っ！　完全に当たっちゃってる！　はあッ、最高……！　そのままペース保ってね？　下手にテンポアップするとダメよ？」

「こうですか……！　こうッ、こう……！」

「あんっ、あんッ、それイイッ！　あーイキそうっ！」

女が悦ぶのは速度や乱暴さとは限らない。一定のペースが必須なこともある。そう学習しつつも星一は膨らみゆく快感に耐えられなくなっていた。

「うくううッ……！　ま、真貴子さん、イッて、イッてくださいッ！」

「限界よね？　いっしょよ、あはっ！　あー気持ちいいッ！　あんっ、あんっ、いっしょにイキましょ？　同時イキが一番だからね、んんんッ！」

ふたりは互いの体を強く抱きあった。

真貴子は筋肉で盛りあがったたくましい背を。

星一は女らしい皮下脂肪と筋肉が適度に重なったしなやかな背を。

ペニスがぷっくり膨れあがり、震える膣肉を押し開く。

「イクッ、イクぅうううううううーッ！」

どちらの声かわからなくなるほど同期して、両者は快楽の頂きに達した。

びゅるり、びゅーびゅー、と熱濁が悦穴を打つ。

男が欲望を排泄《はいせつ》し、女はそれを貪る――同時絶頂の悦びにふたりは浸った。

「はあ、はあ……キスしましょ、星一さん」

「はい……ちゅっ、ちゅくっ……」

法悦の影響で口舌の感度まであがっていた。舌が絡みあうと脳まで痺れる。

「この調子で、次は騎乗位も試しましょうか」

「つまり下の男も腰をしっかり使えってことですね」

「手も使うのよ」

ふたりはすこし休憩すると、さらなるレッスンに移行した。

門馬真貴子は娯楽としてのセックスをよく理解している。

快楽を求めて男女で的確に動く。

ラリー目的でラケットを振るように、双方の呼吸が重要となる。

サッパリした気分でプレイを愉しむだけ。それは寝取り男である彼女の弟にも通じる気質なのかもしれない。

決定的に違うのは、真貴子は不貞をしているわけではないことだ。

たがいに交際相手がいないから、気楽にセックスを楽しめる。すくなくとも星一は他人の女を寝取ることを良しとはしたくない。

(でも)

星一には覚悟しなければならないことがある。

真貴子の望みは弟への制裁だ。

その点で星一とも合意しているが、問題は手段である。

「日和さんを寝取る、か」

無邪気なほど清楚な笑顔が思い浮かぶ。

いまどき箱入りで育てられたお嬢さまなど絶滅危惧種だろう。

そんな彼女に不貞を強《し》いていいのか。

もちろん礼司の食い物にさせるわけにはいかない。純粋な彼女を利用する外道《げどう》は許せないが、今回の作戦もそれとどう違うのか。

復讐のために無垢《むく》な子どもを騙すような苦々しさがあった。


「……なにを考えているのですか？」

芳花が顔を見あげてくる。

逸物を熟乳でしごきながら。

場所は星一のアパートの狭い玄関。ドアを背にして靴も脱がずに膝をつき、柔らかな双房でせっせと奉仕をしている。

「いいからもっと強くしてよ、ほら」

星一は芳花の頬を手の平でひたひたと触れる。叩いてはいないので痛みはないだろうが、ある種の屈辱はあるだろう。年長者を格下として、あるいはペットのように扱う仕種だ。Mならきっと悦ぶ。

「はい……ご奉仕いたします」

狙いどおり芳花は目を喜悦に潤ませた。

今回の趣旨は接待であると芳花からメッセージが届いたのだ。

『ホテルでなく星一くんの家に出向きます。愛撫や腰振りでなく、どうやって女性をそういう気分にさせるかを学びましょう』

女性がうっとりするようなムード作りのレッスンなのだろう。

当初は悩んだが、考えてみれば相手は被虐嗜好《ひぎゃくしこう》のM。一般的に好まれるようなムードを求めているとも思えない。そもそも安アパートでそんなムードが作れるはずもない。

となると、発想を転換する必要がある。

彼女がやってきて玄関に入るなり、星一はいきなりペニスを剥き出してみた。

「キスしてよ」

「な、なにを言うのですか」

「ひざまずいてチ×ポにキスしろって言ってるんですよ」

ひた、と頬に触れてみれば、彼女は従順に膝をついた。

ペニスにキスをし、しゃぶり、命じられるままパイズリをはじめる。

ちなみに服装は白のロングワンピースにベージュのカーディガン。プライベートな着こなしのせいか、たおやかな人妻という雰囲気があった。これはこれで色気があってグッとくる。

ワンピースはキャミソール風の細い肩紐をずらせば簡単に胸が露出した。ブラジャーはつけておらず、乳首はカーディガンで隠していたらしい。

「ヤる気満々だったのかな。パコられるための格好って感じで」

「なんて下品なことを言うのですか……パコるだなんて低俗な言い方……」

「パコパコするの好きでしょ？　低俗なこととして下品な女にされたいくせに」

肉茎をしごく柔胸の先がぷっくり膨らんでいく。呼吸も乱れつつあり、隠しようもなく興奮しているのが見て取れた。

（よし、この調子で言葉責めをしていこう）

あらかじめＡＶや官能小説、エロ漫画などで語彙《ごい》は増やしておいた。

それらをすこしずつ開放していく。

「さっさとイカせないと晩ご飯までに帰れませんよ。お子さんが学校から帰ってくるのはいつごろかな」

「息子のことは言わないでください……！」

キッと睨みつけてくる芳花に気後《きおく》れしそうになる。美人が凄むと迫力が違う。

しかし頬が赤く、額に汗が浮かんでるのを見れば考えも変わる。

「息子さんは知らないんですか？　母親がチ×ポ好きの変態Ｍ女だって」

「し、知るわけないでしょう……！　家でこんなこと、おくびにも出せません！」

「淫乱のくせによくガマンできますね。家にいるだけで溜まって溜まってま×こ狂いそうになるんじゃないですか？」

言って星一は彼女の乳首をつまんだ。真貴子から学んだ焦らしプレイの精神は置いておく。いきなり力をこめてねじあげる。

「ひっ、ひっ、ひぃぃッ」

「イケよ変態」

「あんんんんんんぅーッ！」

意識的に高圧的な口調で言うと、芳花の総身があからさまに震えあがった。

「あーあ、ほんとうにイッちゃった」

呆れた口調も意識的。

芳花は断続的に腰尻を震わせている。

「ああ、はあ、はあ、あぁ……こんな簡単にイッてしまうなんて……」

「ま×こダラしないよね。ハメたら一分持たないいんじゃやない？」

「そんなはずないでしょう。はっきり言って私と星一くんでは経験がまるで違います。まだ二十歳そこそこの若い子に、そうそう負けるわけないじゃないですか」

「なるほど。それじゃあ次は部屋にあがってください」

星一は芳花を玄関から部屋に案内した。

キッチンからリビングまでがひとつながりの安い部屋である。扉で仕切られているのはトイレと風呂場しかない。

「これに着替えてください」

彼女が靴を脱いで部屋にあがると、星一は紙袋を手渡した。

「着替えですか……？　ならあちらを向いていてください」

「いやですよ。目の前で着替えてください」

年上の美熟女をニヤニヤと侮《あなど》りの視線で射貫く。

芳花は腹立たしげに歯噛みをしながら、逆らわずに着替えをはじめた。

脱衣すれば現れるのは乳尻豊かな熟肉体型。その時点で押し倒したくなるほど艶めかしいが、星一はあえて踏みとどまる。

見とれたい気持ちすら抑えて、下卑《げび》たにやけ顔を保った。

そのほうが彼女はきっと興奮するから。

とくに今着ている服を見られることは彼女にとって相当の責め苦だろう。

「……こんな服、馬鹿げています」

首のスカーフまで巻くと着衣完了。

白地に紺の襟とスカートのセーラー服である。

白のハイソックスも合わせてクラシックな出で立ちが完成していた。着ているのが四十代の熟女でなければ、だが。

「この年で着るものじゃありません……」

「ですよね。とんでもなく卑猥《ひわい》な格好になってますよ」

十代の少女のために作られた制服を、乳尻の実りきった年増《としま》が着ている。

布地が張りつめ、押しあげられた上衣の丈《たけ》が短くなっていた。下にはなにも着ていないのでヘソが覗《のぞ》ける。スカートも尻肉の厚みで持ちあげられ、ムチムチの太ももが大胆に晒されていた。

「公然猥褻《わいせつ》ってこういう格好を言うんでしょうね」

「いやっ……ひどいことばかり言わないで……」

「芳花さんがエロすぎるのが悪い」

胸を腕で隠して背を向ける芳花に、星一は構わず近づいた。

後ろから尻を揉むと彼女の口から熱い吐息が漏れた。

「芳花、犯すぞ」

尻を乱雑に揉みまわし、年上相手に失礼な口調で宣言する。

「犯すだなんて、そんな言い方……」

「好きだろ、犯されるの。そら、ケツ出せよ。レイプしてやる」

「いや、いや、レイプはいやぁ……！」

形だけの抵抗は頼りなく、星一がすこし強く押せばたやすく畳に崩れ落ちた。

仰向けに倒れた芳花の膝を強引に開けば、内腿がびっしょり濡れている。下着なしで露わになった秘処は言うまでもなく大洪水だ。

星一は前戯もせず貫いた。

「ああアッ、はうぅううううッ！　イクっ、んんんんッ！」

最奥のコリコリ部を亀頭でノックすると、一発で絶頂。

「うわあ、また即イキ。ま×こ雑魚《ざこ》すぎ。レイプしやすすぎて笑うわ」

罵倒がすらすらと出てきて自分でも驚いた。最初は脳内で文字を書き起こすようにして演技していたが、今は自然にSとして振る舞えている。

「ひあっ、ああッ、ひどいひどいぃ……！」

堂に入った態度が効いたのか、芳花の秘壺は盛んに蠢《うごめ》き狂った。

「いいから穴使わせろよ、雑魚ま×こ」

星一は彼女の両手首をつかんで畳に押さえつけた。跡がつくほど握力をこめ、抵抗の余地を完全に奪う。

そしてピストンした。

上から覆《おお》い被《かぶ》さるようにして、好きほうだい突きまわす。

「あんッ！　あーッ！　ああっ！　はひっ、ヒッ、ひぁあああッ……！」

芳花は狂おしく鳴いた。ろくに前戯をしていないのに、シチュエーションだけで体が仕上がっている。これもまた性戯と言っていいのだろう。

もちろんそれだけではない。

ペニスの振り方。手を使った愛撫。体のあちこちへのキス。すべてのテクニックが真貴子とのトレーニングで以前より向上している。

(最初にしたときより本気でよがってるような気がする)

あのときの芳花が演技をしていたとは思わない。ただ、より自然に本性を暴かれて昂揚しているように見えた。

汗にまみれて本気で身悶える肉感美女。

なんとも卑猥な生き物があったものだ。

「年上の女がチ×ポ一本でヒィヒィ言ってるの笑えるな」

嘲笑的な言葉を選んだのは当然意図的だ。本当は笑えるというか興奮する。

案の定、膣内のぬめりが増して蠕動が激化した。

「あーっ、あーッ、ひあぁあッ……！　いやいやっ、こんなの最低だわ……！」

「エロい体つきの年増を犯すのは最高ですよ」

星一は芳花を見下ろして笑いながら、的確に子宮口を打った。

連打した。

穿《うが》つように突いた。

媚熟女は面白いようによがり狂う。

彼女のすべてを手中に収めたようで征服欲が刺激された。

「あー出そうッ、出る出るっ、あー出るッ」

軽い口調で言うのも狙いがあってのこと。相手の意志を無視して一方的に快楽を貪る——女を道具にしているような空気にしたい。

そしてそれは効果覿面である。

にわかに芳花の腰が浮きあがりオルガスムスに備えたのだ。

「いやっ、外に出してッ！　中はやめてっ、いや、いやあぁ……！」

「知るか、出すぞッ、そらそらッ、おらッ！」

気合いを入れて全力の突きこみ。

ズパンッと派手な音が鳴り、性器と性器ががっちり嚙みあう。

「ひぃいいいッ！　いやいやいやぁああああーッ！」

鳴き喚《わめ》きながら芳花が達する。イキ肉がぎゅっと収縮。

至福の締めつけを受けて、星一はたっぷりじっくり膣内射精した。

「おー、気持ちいいっ。いっぱい出る、あーたまらねぇ」

「やあぁ……！　妊娠しちゃうぅ……！」

よくもまあいけしゃあしゃあと言えたものだと星一は内心呆れた。彼女も真貴子もピルで生理周期をコントロールしている。妊娠しないよう最初から手は打っているのだ。いまさら嫌がっても演技以外のなにものでもない。

(やっぱり芳花さんは虐められるプレイを愉しんでるだけなんだ)

絶頂感と安堵感をセットで味わい、星一は深く息を吐いた。

しばらく間を置いて、体を離すなり芳花は咳払いをする。

「結構なお点前《てまえ》で」

「悦んでいただけて幸いです」

格式張った応酬にふたりでくすりと笑う。本当のレイプならありえないことだ。

「順序が逆になってしまいましたが、ちょっと台所をお借りします」

「台所を？」

「食材を買ってきたので夕食を作っておきます。あとで食べてください。ちゃんと栄養価を考えて食事を取っていますか？」

「体を絞るためにそこそこ……」

「筋肉を育てるのも大事ですが、それだと脂質が足りなくなるかもしれません。もっといろいろ食べてください」

冷蔵庫を確認して小言を口にする様はM女でなく立派な主婦である。

芳花はエコバッグから食材を取り出して台所に広げた。

手際よく調理をはじめる彼女を尻目に、星一はいそいそと床の後始末をする。

布団のうえでしなかったせいで、愛液やら精液が畳に染みこんでいた。拭いただけでは取れそうにない。下手すると畳を買い換える必要がある。

「調子こいてやりすぎた……」

「なにか？」

「いや、こちらのことです」

ちらりと芳花を見ると、先ほどまでとは差異があった。

いつの間にかエプロンを着ている。セーラー服のうえにである。

一児の母である熟女の風格が少女性の象徴である制服と重なり、彼女自身のむっちりした肉づきを包みこんでいて。

日常を感じさせる味噌と醤油の香りのただ中で、尻肉に押しあげられたスカートから覗ける膝裏がやけに色っぽくて。

星一はもうすっかり我慢できなくなった。

「芳花さん」

「きゃっ！　な、なんですか……！」

後ろから胸を揉むと彼女の肩が大きく跳ねた。

おたまが手を離れて小鍋に落ち、味噌汁が跳ねた。

飛沫《しぶき》は勢いよく跳びあがって星一の顔に降りかかる。

「あちッ！　あっつ！」

「料理中に邪魔をするからですよ、もう。そっちで座っててください」

「はい……すいません」

星一は言われるままローテーブルの横に座った。

叱られても意外と悪い気はしない。優しい口調だったと思う。

(美人に叱られるのって案外悪くないな)

むしろそれはM寄りの感想だったかもしれない。

嬉しくもあり、悔しくもあり。

むくむくと股間がいきり立つ。

調理が終わったらさっきより激しく犯してやろうと思った。


時には三人でセックストレーニングをすることもあった。

ラブホテルの広いベッドで真貴子と芳花を横並びにさせる。

仰向けで開脚したふたりの股に指を突っこむ。

「やっぱり構造というか、中身の作りがぜんぜん違いますね」

ゆっくりと手首をねじり、前後させ、膣内をつぶさに確認した。柔らかい部分、硬い部分、襞粒《ひだつぶ》の量、そして感度の良い場所まで。

近い部分もあればまるで違う部位もある。

「んっ、ふふっ、そうそう、違いを理解してほしかったの。女なんて全部おなじだと思いこむのは危険よ？」

「あんっ、ああッ、そうですよ、星一くん。しっかりと勉強なさい」

「はい、がんばります」

とはいえ、理性的に学習するのも大変な状況ではあった。

全裸の美女を並べている時点で興奮して仕方ない。

真貴子は涼やかで快活な美貌に、腰のくびれが目立つスポーティな美軀《びく》。

膣内もよく蠢き、つねに高い熱を帯びている。

芳花は熟成した色気のある顔に、肥満にならない程度に豊満な媚体。

膣内は緩《ゆる》めだが肉づきがよく、ひどく濡れやすい。

外見も中身もタイプの違う美女ふたりと、星一はすでに肉体関係を持っている。その違いを確認し、女の奥深さを理解した。

「なんとなくわかってきた……真貴子さんは小刻みに奥をトントンするのがよくて、芳花さんは強めにグリグリするのが効く、でしょ？」

「ああッ、そうそれッ、あはッ、リズミカルなの、ほんと好きぃ……！」

「はああぁッ、ダメッ、声が止まらなくなっちゃうッ、ひぃんッ！」

ふたりは面白いようによがった。

もっともそれらの弱点すら状況次第である。感度がさらに上がれば、べつの責め方でもおなじぐらいよがらせることができる。

ペニスを挿入するころには両者ともその領域に達していた。

並べて交互に突き入れると甘い嬌声が部屋に響く。

「あっ、アッ、あぁんッ！　気持ちいいッ、奥最高おッ！」

「あーッ！　あへッ、ぃあぁッ！　狂うッ、そんなにしたら狂いますッ！」

ハメていないほうは指で責める。再挿入するまでに冷めさせるのはもったいない。

熱々の雌穴は感度が下がらないことも星一は学習していた。

腰を振りながら思考を止めないことにも慣れてきた。海綿体の快楽に溺れず、女をよがらせることに重点を置く。

ふたりが登りつめるまでさしたる時間は必要なかった。

「あーイクッ、イッちゃうッ！　あんあんあんッ、ぁあああああーッ！」

「ダメダメッ、イッグぅうううぅぅうううううぅぅう――ッ！」

美女たちがのけ反り狂うのは同時。タイミングが同期するよう星一が両者の快感をコントロールしたのだ。もちろんふたりも協力してくれたのだけれども。

またひとつ偉業をなしとげた。

星一は嬉々としてふたりの顔に亀頭を押しつけた。

「口開けて」

「はーい、どーぞ」

「ください、熱いのいっぱい……！」

舌までさらけ出した媚貌たちに快楽のエキスが降りかかった。

顔も口も舌も染めつくすほど精が出る。鍛えてからの精液量は以前より何倍も多い。

ふたりを汚すばかりでなく、射精中の快感も長続きして抜群に気持ちいい。

征服欲に支配欲まで満たされるマーキングに深く嘆息した。

(なんか……もうどうでもよくなりそうだな)

ふたりには言いにくいが、美玲たちへの復讐心が快楽に薄らいでいた。

多幸感に脳がふやけ、心の傷が癒えていく。

こうして美女とセックスできるならそれで良いのではないかと。

もっとも、ふたりと別れて自宅に戻ると話は変わってくるのだけど。寝取られの記憶がフラッシュバックして吐き気を覚えるのが日常だ。

「ところで、星一さん」

真貴子はごくりと精液を嚥下《えんげ》して、口を開いた。

「なんでしょう？」

「また日和さんと会ってもらいたいんだけど、都合のいい日はある？」

「まさかもう彼女に手を出すとか……？」

さすがに気が引ける。

培《つちか》った性戯で純粋培養の無垢なお嬢さまを籠絡《ろうらく》するなど、外道のやることだ。

復讐のためとはいえ、ほかに手段はないものか。

「違う違う、今回はそういうのじゃなくて」

「日和が言い出したんです。星一くんに悩みを聞いてほしいと」

「俺に悩みを……？」

すこしばかり想定外の展開だった。


日和との会合場所はカラオケボックスだった。

星一がやってくると、彼女はボックス内にちょこんと座っていた。

両手でアイスカフェオレを持ち、ストローで静かにすすっている。

心なしか肩を縮めて心細そうな雰囲気だった。

こちらに気がつくと慎ましくほほ笑み、その場で会釈してくる。

「どうも……藤田さん。本日はわざわざお越しいただきありがとうございます」

「いや、こちらこそ。俺なんかが清水屋さんの力になれるなら、遠慮なくなんでも言ってください」

星一は日和と対面のシートに腰を下ろし、彼女の出方を見た。

カラオケボックスを指定したのは真貴子と芳花である。気軽に話せる個室であれば、若者向きでちょうどいいだろうと。日和にとっては馴染みのない場所なので、浮かれて口が軽くなるのも期待しているとか。

彼女はしばらくストローをくわえたまま黙りこんでいる。

店内放送が静かに流れつづけた。

無理に急《せ》かすことはしない。恋人以外の異性とふたりきりなど、ご令嬢にとって初めての経験である。緊張もして当然だ。

おもむろに、彼女がストローから口を離した。

「実は……男のひとに相談したいことがあって。でも私、男性の知り合いは家族以外だと礼司さんと藤田さんしかいないんです」

「礼司さんには相談できないんですか？」

「はい……礼司さんのことで相談したいので……」

恋人に関する相談で、同性には言いにくいこと。だとすれば、男にしかわからない感性の話なのだろう。

「私って魅力がないのでしょうか」

言って顔を真っ赤にする。愛らしい反応だ。

「それは……男性一般から見ての話ですかね」

間抜けな質問である。星一個人の感想など求めているはずもない。

「やっぱり……一般的に、面白味がない女だったりしますか？　カラオケボックスに入るのも初めてだし、なにを唱えばいいのかもわからないし」

落ち着きなく部屋のあちこちに目をやる様は、むしろ可愛らしくて面白い。彼女が小柄なこともあり、小動物を愛《め》でるような気分だ。

思ったことをそのまま口にするのは憚《はばか》られる。発言には最大限の配慮が必要だろう。真貴子と芳花が期待しているのは日和と距離を縮めることだ。

「大前提として、好みの問題はあると思います」

「そう……ですよね。わかってます。当たり前のことですよね」

「そのうえで、清水屋さんはとってもお綺麗です」

「子どもっぽくないですか？」

「可愛らしいのは長所ですよ。大人っぽいのが好みの男性もいますが……日和さんは小柄で、華奢《きゃしゃ》で、お声もすこし高めなので、そういう意味では若々しく思えるかもしれないけれど、物腰は柔らかで落ち着いた雰囲気もありますので」

「大人っぽさもある、ということ……かな」

日和は安堵の息を漏らした。少々紛らわしい言い方をしたのが奏功した。

物腰柔らかで落ち着いた雰囲気が大人っぽいかと言えば、必ずしもそうとは限らない。日和の場合どこかしら可愛げがあり、「お利口な少女」という感が強い。

それはそれで魅力的だと思うが、彼女の求める答えではないだろう。

「でも、なぜそんな話を？」

「それが……その……とっても言いにくい話なのですが」

日和はうつむき、耳を真っ赤に染めた。

「……礼司さんとデートをしても、なんと申しますか、その、アレです。ええと、とっても恥ずかしいお話なのですが……」

「だいじょうぶです。だれにも言いませんから」

星一がそう言うと、彼女は子どものような素直さでこくりとうなずいた。

赤面のまままっすぐ見つめてくる。

「礼司さんが……えっち、しようとしないんです」

「……は？」

「聞き返さないでくださいよう。その、ふたりで、恋人同士の入るホテルに……いこうか、という話にならないというか。そういう話題を礼司さんが避けているというか。だから、私に女性的な魅力が足りないのかなって……」

想定外の話に星一は返答を忘れた。

門馬礼司は清水屋日和を抱いていない？

女を食い物にすることしか考えてない性欲男が？

（じっくり堕《お》とすつもりとか……？　いや、でも、それはないんじゃないか）

日和が心を許していないならいざ知らず。彼女自身、礼司と愛情を深めることを望んでいる。かなりあからさまだ。恋愛経験が豊富なヤリチン男が見逃すとはとても思えない。

門馬礼司ならば、可能なかぎり女を抱く方向で物事を考える。彼にとって女は肉体の快楽から逃れられなくして利用するのが常套手段だ。真貴子と芳花から聞いた話を参考にするなら間違いない。

「私、礼司さんに愛されてないのかな」

涙ぐむ日和の姿は痛ましいほど純真無垢で庇護《ひご》欲《よく》を誘う。

（まさか……）

確信はないが、ひとつの可能性として。

門馬礼司は、もしかすると――

清水屋日和を抱くことができないほどに、本気で惚れているのではないか。


日和と別れると、星一は一路ジムへ向かった。

ヤケクソのように筋肉をいじめた。

「そんな馬鹿なことがあるか」

カラオケボックスでは日和を優しく励まし、なんとか涙を止めた。煮えくりかえるはらわたを抱えながら。

「ふざけるなよ」

吐き捨てた。だれかに聞かれても構わない。

門馬礼司が日和に惚れこんでいるという仮定が星一の逆鱗《げきりん》に触れたのだ。

それまで星一にとって、一番許せないのは礼司よりも美玲だった。

真貴子と芳花の話に乗ったのも礼司より美玲に制裁を下すためだ。礼司を潰すのが美玲に復讐する近道だったからだ。

けれど今は、門馬礼司への怒りだけが脳を沸騰させている。

「ひとの幸せをブチ壊しておいて、なにをいまさらピュアぶってるんだよ」

女を寝取られたのは自分の至らなさにも原因があると思っていた。

だから礼司がいかに非道であろうと復讐に一抹の疑問があった。フィクションの悪党に腹を立てるような現実感のなさすら感じていた。

だが彼は人並みの愛情を持っている。

愛を知っているのに、他人の愛を踏みにじった。

「絶対に許せない」

星一は決意した。

礼司の大切なものを徹底的に奪ってやると。

第四章　女子大生の盛りあわせ

女子大生の栄美《えみ》は滅多に怒らない。

約束をすっぽかされたり、心ない罵倒をされてもキャハハと笑って受け流す。

「もー、仕方ないなー」と。

腹が立っても焼き肉を食べれば怒りは発散できる。肉はいい。肉を食べると気分がよくなる。

そんな栄美にとっても腹に据えかねることがあった。

友人関係をめちゃくちゃにされたことだ。

ろくでなしのヤリチン男が栄美のまわりの女を片っ端から食ったのである。

穴兄妹ならぬ竿姉妹となった友人たちは決裂した。口汚く罵りあい、派閥を作って噂を流しあい、髪をつかんでの喧嘩になることもあった。

仲良しグループは散り散りになった。

友だちの多さが自慢だった栄美にとっては耐えがたい結末である。

栄美自身は男の餌食にはなっていない。さすがのヤリチンも実の妹に手を出すのは憚られたのだろう。

「なに考えてんだよ、兄貴！　マジありえないでしょ！」

「知らねえよ。ちょっと口説いたら股開くヤリマンどもが悪いんだろ」

昔はカッコいい兄が自慢だった。

女を取っかえ引っかえしてるのもモテているからだと思った。

だが高校生になるころには世間を知り、疑問を抱くようになっていった。

この兄、ロクデナシなのではないか？

その疑問を突き詰めなかった結果が、大学に入ってからの惨事である。

どうにか兄をぺしゃんこにして思い知らせてやりたいと思っていたものの、その手立てはない。そんな煩悶《はんもん》を晴らす光明が見えたのは、たまりかねて姉に愚痴をこぼしたときのことだった。

「最っ低……大嫌い。あんなの兄貴と思いたくない。姉さんが言ってた意味わかったよ……アイツ一回痛い目見ないとダメだわ」

「そうね。なら栄美もいっしょにやる？」

「うん……やる。協力する。なんでも言ってよ、真貴姉《ねえ》」

門馬栄美は兄礼司を陥《おとしい》れる決意をした。


星一が彼女と出会ったのは、ジムで汗を流している最中のことである。

「あのー、藤田星一さんですよね」

「はい？　キミは……」

トレーニングウェアに身を包んだ若い女性だった。

すこしばかり小柄で顔立ちにまだあどけなさが残る。にっこりと満面に笑みを浮かべるところは、少年のような快活さが漂っていた。

「もしかして真貴姉からなにも聞いてない？」

「真貴子さんの妹さん？」

「はい！　門馬栄美です！　クソ兄貴制裁軍団に加入しました！」

元気いっぱい敬礼してくる少女に星一は面食らった。

そういえば以前からジムのどこからか、妙に元気な声が聞こえることがあった。おそらく彼女だったのだろう。

真貴子から妹の話は多少なりとも聞いていた。作戦に協力してくれるかもしれないが、まだ大学生なので巻きこむべきか悩んでいる、と。

ふたりはルームランナーを走りながら言葉を交わした。

「へえ……じゃあ真貴子さんにこのジムを勧めたのは栄美ちゃんだったんだ」

「そーそー、いい筋肉たくさんいるよー、最近オススメの筋肉は端っこでひとりで黙々トレーニングしてる藤田って男のひとだって」

「それじゃあ……もしかして、真貴子さんが話しかけてきたのって」

「あたしがオススメしたからかな。真貴姉も筋肉好きだし」

栄美はけろりとした顔で言う。呼吸はほとんど乱れていないが、ルームランナーの速度は星一と同程度。男女の差を考えると結構な身体能力ではないか。

あらためて彼女を横目に見る。

短くカットされた亜麻色の髪が躍動にあわせて軽く揺れる。背丈は女性として平均より低そうだが、腰の位置が高く脚が長い。走っているとその脚に美しいラインが浮かぶ。しっかりと鍛えあげた肉体だった。真貴子とくらべてもよりスポーティで、アスリートの風格さえある。

「もしかして、あたしの体見ちゃってます？」

「あ、ごめん。じろじろ見られると嫌だよね」

「いいよ！　もっと見て見て！　私ずっと陸上やってたし、高校では全国いったこともあるし。大学ではいいサークルがなくてやめちゃったけど、ジム通いはしてるからね。動くの好きだし鍛えるの気持ちいいし、マッチョさん多いし」

あははと笑う声が小気味よい。騒がしいのに迷惑と感じない。ほほ笑ましさすら感じるのは底抜けに明るい人間性ゆえか。

「もちろん動くの好きだからエッチも大好きだよ」

いくらなんでも底抜けすぎて星一は言葉を失った。

「しようよ、あたしともエッチ。クソ兄貴から日和を寝取るんでしょ？　なら年上のおねーさんだけじゃなくて、日和と同年代の女の子にも慣れちゃおうよ」

「ちょ、ちょっと、もうすこし声のトーン落として……！」

「じゃ、あたしのうち来る？　近いよ？　パコパコしちゃう？」

「わかった、わかったから！　行くから！」

これ以上人目を引きたくない。栄美は現行法では成人済みだが、見た目だけでは判断の難しい頃合いである。そうでなくとも他者に聞かれたくない話なのだ。

星一は強引に栄美の手を引いてジムを出た。

みんながずっと見ていた気がする。

もう二度とこのジムは使えない。

栄美はオートロックつきのマンションに住んでいた。

部屋は小綺麗な1LDK。間取りにすこし余裕があり、体感として星一のアパートよりはるかに広い。

ベッドも大きく、セックスするには充分な広さがある。

彼女はその横で星一に抱きついてきた。首筋に鼻面を突っこんで鼻息を吸う。

「うわあ、汗くっさぁ」

「だ、だって栄美ちゃんがシャワー浴びさせてくれないから……」

ジムで浴びるシャワーは運動後の大きな楽しみだ。なのに栄美は強引に星一を連れ出した。もちろん彼女もシャワーを浴びていないが、星一と違って甘酸っぱい良い匂いがする。若い女の子はずるいと思った。

「いいじゃん、私はこの匂い好きだよ。男の汗ムンムンする匂いマジ好き……はー、オスって感じ。動物の本能目覚めちゃうなぁ」

栄美は悪戯っぽく笑い、今度は片膝をついて股に顔を埋めてきた。

思いきり息を吸う。

「すうぅうぅうぅうぅうぅうーっ……はあっ、やっぱ！　ムンムンしすぎ！　こんなのマジ濡れちゃうよぅ。オナってていいよね？　オナりまーす」

なんの躊躇《ためら》いもなくスパッツに手を突っこんで秘処をいじり出す。男の股の臭気を嗅ぐたび顔に汗を浮かべ、甘い吐息を漏らす。

「はあ、はあ、男、男のにおい、オスのにおい、ち×ぽのにおい、ち×ぽ、ち×ぽ、おち×ぽ、好き……絶対にすっごいセックスするんだから。どーぶつになっちゃうぐらいエッグいドえろセックスっ」

「ちょ、ちょっと興奮しすぎじゃないかな……？」

「テンションあげてったほうが気持ちいいし。あたしってアレなの。淫乱ってやつ。マジでセックス大好き！」

勢いよく星一のズボンが降ろされた。

ボクサーブリーフに栄美が顔を突っこんでひと吸い。酩酊《めいてい》気味に嘆息し、今度はブリーフも引きずり降ろす。

びょいんと飛び出す肉棒に顔をぺちぺち打たれ、きゃっきゃとはしゃぐ。

「はあー、噂どおりち×ぽやっぱ。でっかいし反り方もいいし、うーん業物《わざもの》って感じかな？　はー、しゃぶりてー。しゃぶりまーす、ぱくっ」

「ふおッ、あの、栄美ちゃん……！」

あまりのテンションに星一は、なすがままにフェラチオされた。熱くぬかるんだ口内でじゅぽじゅぽと吸われる。幼さの残る柔らかな頬が削げるほど本気のバキュームフェラだ。

「うっ、くっ、ああッ……！　ちょっと焦りすぎじゃないかな……！」

「んー？　インランらって言っひゃれしょ」

「しゃぶりながらしゃべらないで……！　クッ、舌の動きすごいッ……！」

栄美は不満げな半眼でペニスを吐き出した。

「だーかーら、あたし淫乱なの！　セックスがほんっと大好き！　いつも男漁ってるし、いつでも股開きますよって感じ！」

「さいですか……うっ、ぐう」

星一は呆れながら喘ぎを漏らした。フェラのかわりに手淫をされている。手首のスナップを利かせた見事なテクニックだ。

真貴子も好き者ではあったが、ここまで露骨な淫乱ではなかった。あまりにも強烈なセックス思考。日常生活が心配になる。

「たぶん血筋なんだよねぇ。父さんと母さんも相当遊んでたらしいし。真貴姉も性欲強いし、クソ兄貴は言わずもがなじゃん？」

「それは……まあ、そうかも」

「でもあたしや真貴姉はさ、一回痛い目を見て、自分なりに越えちゃいけない一線は引いてるんだよね。わかるかな？」

「ええと……浮気はしない、とか？」

「正解！　真貴姉も恋人や婚約者がいるときは遊んだりしないしね」

栄美は語りながら、ちらちらとペニスを見る。手コキだけでは物足りず、一刻もはやくしゃぶりたいという目つきだ。

「あたしは中学のときやらかしちゃって」

「中学のとき……？」

星一の中学時代とは隔絶した性倫理である。

「友だちの恋人とヤッちゃって、もう大変なことになったの。それからは彼女持ちや妻帯者とは絶対にパコらないって決めた。嘘吐《つ》かれたら友だちと共有のブラックリストにぶちこんでる。あたし自身恋人は作らないしね」

「恋人がいなければ、浮気にならずヤリまくれるってことか……？」

「そ！　偉いでしょ？　ご褒美になめさせてね。れろれろ」

栄美はさも美味しそうに亀頭をなめまわした。

たしかにこの淫乱さでは性欲を我慢などできないだろう。恋人を作らない判断も理性的と言えるかもしれない。

「星《せい》さんは……あ、星さんってよんでいい？」

「あ、ああ、いいけど」

「星さんはいまフリーでしょ？　だからチ×ポしゃぶってもい〜よね？」

「まあ、ダメではない……」

「ぢゅぽっ、じゅるるるるッ、じゅっぱぢゅっぽ」

「行動が早すぎる……！」

栄美の口淫は恐ろしく巧妙だった。頬を窄めて口内粘膜を擦りつけるのはもちろん、舌を絡める動きも上手い。みずから顔を前後させて喉まで使う。

ごくり、ごくり、と嚥下する動きで亀頭を絞めつけるのだから恐ろしい。

「んぅううッ……っぱ！　えへへぇ、フェラえぐいでしょ？」

舌と肉棒のあいだに泡立った唾液がたっぷり糸を引き、どろりとたわむ。顎に伝い落ちる唾液もあるが、栄美は拭《ぬぐ》いもせず、首を伝うこそばゆさまで愉しんでいた。

あまつさえヨダレまみれのペニスに顔を擦りつける。

「はー、いいチ×ポだねぇ……良いお肉って感じの味がするよ」

「こいつの味ってそんなに違うもんなのか……？」

「体臭も個人差あるでしょ？　それと似たようなもんだよ。これはかなり好きな味かな。えへへ、精子もはやくほしいなぁ……ぢゅぱッ」

栄美はふたたび逸物をくわえた。

口内でねぶりまわしながら、顔面をぶつけんばかりに前後する。

喉と唇の締めつけに粘膜の熱さ柔らかさ、そして摩擦。すべてが渾然《こんぜん》一体となって星一を法悦の極みに押しあげていく。

「ああっ、ううぅ……！　出ッ、出そう……！」

「出ーせ！　出ひちゃえっ！　んっぢゅ、ぢゅっぽ、ぢゅじゅじゅじゅじゅッ！」

肉棒が爆ぜる瞬間、彼女も自慰で高みに達した。

「イクッ……！」

ペニスを灼熱が駆け抜けた。

同時に腰がすべて吸いこまれるような錯覚があった。

「ンぢゅるるっ、んんんーッ！　じゅぢゅぢゅぢゅぢゅぅうううッ」

栄美がオルガスムスの身震いをしながら吸引している。全力のバキュームで精液を尿道の奥から吸い取っている。

口舌は忙しなく動いているのに、目は恍惚《こうこつ》ととろけていた。

本気で精液を美味しいと思っていなければできない表情だった。

「精液おいしい？」

「んー……んっ、んっ、んっ」

栄美は何度もうなずいた。

口にはペニスをくわえたまま。

ごくりごくりと粘り気を飲み下しながら。

一回射精したからといって、栄美は休憩をくれない。

服を脱ぎ捨て、星一の服を脱がせ、強引にベッドに引きずりこんだ。

背面騎乗位のはじまりである。

「あーデッカい！　デカチン入っちゃいましたあ、いえーい」

栄美は自分で掲げたスマホにVサインしてみせた。

「ちょ、ちょっと！　もしかして撮ってるの？」

「初めてパコる相手とは記念のハメ撮りするって決めてるの。ほらほらご覧ください、あっは、ぶっといよぉ」

後ろ手にベッドをつかんでのけ反り、自分の股を撮影する。彼女は剃毛《ていもう》しているらしくパイパンで、結合部がくっきりと画面に映っていた。

豪棒にこれでもかと押し開かれた秘裂からトロトロと愛液が垂れ落ちている。

栄美が腰をよじると結合に隙間ができて大粒の本気汁がこぼれ落ちる。

「んーッ、はーっ、巨根の充実感はやっぱイイィ……！」

「俺ってそんなデカいほうなの……？」

「おっきいよぉ。処女とするときは慣らさないと大変かもね？」

すくなくとも美玲と一緒にいたころは特別巨根でなかった気がする。

まず鍛えたことで下腹からも余計な皮下脂肪が減ったのが大きい。肉に埋もれていたペニスの根元がせり出し、長さが増したのだ。

次に運動で心臓が強くなったのもある。ポンプが強くなれば血液を送り出す力も増す。股間に勢いよく血が流れこみ、勃起力が増したのではないか。

(あとは……自信がついたのもあるかな？)

心理的な原因でEDになる者は多いという。なら逆に心理的な原因でペニスが元気になることもあるはずだ。

「こーんなデカチンで女子大生をパコパコしちゃうなんて、ワルーいおにーさんですねー。あーヤッバ、ま×こ壊されちゃうー」

栄美は大げさに言いながら腰を上下させる。背面騎乗位では腹側の膣壁に当たりやすい動きだ。Gスポットから粒襞をこすりながら子宮口へ。真貴子と芳花で学習した女の弱点である。

より当たりやすくなるように、星一は角度をつけて突きあげた。

「はへッ！」

星一の想定より強く子宮にぶつかった。その衝撃で栄美の手からスマホがこぼれ落ちる。さすがに女子大生相手に無茶をしすぎたかと焦ったのも束の間。

彼女は下腹に手をあてがい、子宮と亀頭を撫ではじめた。

「はへぇえぇッ……ヤバい当たり方しちゃったぁ、えへへ、えへぇ」

「痛くなかったか？」

「最高に気持ちよかったぁ……！　いまのもっかいやって？　もっかいエグいのちょうだい？　ねえ、星さん、ねえぇ……！」

栄美は甘えた声で腰をよじった。

子宮口と亀頭の接触部を支点にして、グリグリと円を描く。

「じゃあ……こうか！」

「はひッ！」

再度突きあげると栄美の全身が痙攣する。体のあちこちで陰影を描くのは筋肉だろうか。とくに腹筋ははっきりと浮かんでいた。マッチョではなく、あくまでアスリートの自然な筋肉の盛りあがりであり、独特の色気があった。

本来なら下敷きの星一からは見えない角度である。栄美の落としたスマホを拾い、インカメで彼女の前面が見えるように構えておいたのだ。

「こう突いたらいいんだろ？　そらっ、そらッ」

すでに適切な突き方はわかっている。的確に狙い撃つとスマホに映る彼女の顔が卑猥に歪んだ。声すら獣のように歪んでいく。

「あひッ！　あへッ！　あおッ、ぉおお……！　きもぢいぃいッ」

目の焦点はあわず、口は開きっぱなしで舌が踊る。たぶん意図して淫《みだ》らな呆け顔を演じているのだろう。おのれの淫らさに興奮する便利な性癖である。

そして彼女が興奮すると膣口が恐ろしく締まる。

「ぐっ！　あうッ、ぅうぅううッ」

「すごいでしょ、あたしのま×こ！　めっちゃくちゃ締まるんだから！　おらおらっ、噛みちぎっちゃうぞう」

「くっ、調子に乗るな……！」

「あへっ！　へあぁあッ、あーッ、あおーッ！」

星一は全力で突きまわした。でなければ、いつイッてしまうかわからない。膣口に搾りこまれ、このままではペニスがあっという間に限界を迎えてしまう。

なら、栄美を先にイカせるしかない。

「イけッ、イけいけッ！　栄美、さっさとイけッ！」

懸命さが乱暴な語気となって吐き出された。手にも力がこもり、細腰をがっちり鷲づかみにしてしまう。その刺激が効いたのか、栄美の総身に赤みが差した。

「うーッ！　イグッ、いぐーッ！　ぉおおーッ！」

オルガスムスにとびきり強く膣口が締まる。

それが最後の一押しとなり、星一を同等の領域に導いた。

尿道に甘美な電流が走り、粘っこいエキスが迸《ほとばし》る。びゅるりと出た。びゅーびゅー出た。どぴゅり、どぴゅり、と膣内を染めあげる。

「あー、キツい……！　搾りとられる……！」

「おーッ、やっばい、奥に精子当たってるのわかるぅ……！　射精えぐいっ、マジやばすぎぃ……！　あーイキまくるぅ、んぉおおおッ」

栄美はビクビクと腰をシェイクさせている。絶頂に浸っているばかりでなく、星一の手からスマホを取りあげて自分のイキ顔を撮影する。

「このヤバさのアクメはひっさしぶりかもぉ……せーえき当たる感覚マジすごかったぁ。デカさより射精力のほうがヤバいよ、このチ×ポ……えへ、最高」

スマホにピースをしているあたり、まだ余裕があるのかもしれない。

(ここでへばったら俺の負けになるのかな)

いくらセックス好きの淫乱とはいえ大学生には負けたくない。

星一は力任せに体勢を入れ替えた。一方的に責めやすい後背位に。

「じゃあ続きやるか」

「やるやる！　ノリのいいひとは好きだよ？」

白い歯を剝き出す笑い方に見透かされている気がする。

ますます星一はムキになった。


五回戦までやってから、ふたりは休憩を取ることにした。

汗だくでペットボトルのミネラルウォーターを回し飲みする。

「栄美っていつもこんな感じなのか？」

「こんなセックスばっかしてるのかって？　星さんほどヤリ応《ごた》えのある相手はそうそういないけど、これぐらいヤッてやるって気持ちは常にあるね」

明《あ》け透《す》けすぎるせいか、どれだけ淫らでも湿っぽさはない。

やはり真貴子に通じるところがある。

「門馬家のひとたちって、なんかこう……すごいね」

「享楽的ってやつだよね、みんな。兄貴とは一緒にされたくないけど」

彼女は吐き捨て、水を一気に五回嚥下した。

「あたしも真貴姉もセックスは好きだけどトラブルは嫌いだし、だれかに迷惑かけたいとは思わない。でもクソ兄貴は多少のトラブルは気にしないし、ぜんぜん反省しない……なんか上手いことといくんだよね、最悪は回避するっていうか」

「立ち回りが上手いってことかな」

「単に運がいいだけなんじゃないかなぁ。それをなんか勘違いしてんの。自分はなにしても上手くいくし許されるって。だから彼氏持ちの女も人妻も平然と食い荒らす。なんなら女を使ってほかの男にマウント取るのも愉しんでるし」

それは男の本能かもしれない——星一はそう思った。

芳花との行為で近い感情を味わったのだ。かつて礼司のものだった女をよがらせ、ある種の勝利感を抱いてしまった。

だが、星一は礼司が本能で動くだけの男でないと知っている。

「でもアイツ……清水屋さんとセックスしてないみたいなんだけど」

認めがたい礼司の一面に不快感が湧く。

栄美も眉をしかめて困惑する。

「らしいね。私も聞いたときはビックリしたけど……まあ日和は良い子だし、今時いないレベルの箱入りでしょ？」

彼女は日和とおなじ大学に通う友人だという。

その彼女から見ても清水屋日和は生粋のお嬢さまらしい。

「そういうピュアな感じ？　汚れきった兄貴みたいなのには刺さったのかも」

ふざけるなと怒鳴りそうな気持ちをとっさに飲みこむ。

「言いたいことわかるよ。いまさらなにイイ子ちゃんぶってんだって。実際ムリでしょ、ピュアな交際なんて。現にアイツ、日和と付きあってるのに他の女と遊びまくってるし。毎日ヤリまくりだし」

「許せない……よな」

ふたりはうなずきあった。

栄美の顔には苦々しいものも含まれている。

「兄貴が日和をナンパしたの、あたしと一緒にいるの見てからなんだよね。だからあたしの責任もあるかなって思うし……協力はいくらでもする！」

彼女は自身の両頬をぴしゃりと叩いて気合いを入れた。

その手でスマホを操作しはじめる。

「まずはなけなしの交友関係を駆使すっか！」


栄美の役割はふたつある。

日和と同年代の女としてセックストレーニングの相手になること。

もうひとつは同年代の友人を星一に紹介することだ。

栄美だけで女子大生をわかった気にはなれない。彼女はとんでもない性豪であり、日和とは別世界の人間と言ってもいい。

いろんな女子大生を味わって学習しろ、ということだ。

「もちろん目的はそれだけじゃないけど……」

待ちあわせ場所はＹ駅前の噴水。時刻は十五時。

雲ひとつない空に日が輝き、駅からやってくる人物をまばゆく照らした。栄美に見せてもらった写真どおりの相手である。

「ツカダさんですか？」

「そうですが」

ややハスキーな声で不機嫌そうに短く返してくる。ウルフヘアの狭間から覗ける切れ長な目も威嚇するように剣呑な空気を醸し出していた。

(かなりの美人なんだけど……)

背丈が星一と同程度あり、手足の長さはファッションモデルのようだ。ゆったりしたジャケットにタイトなズボンのマニッシュな出で立ちもよく似合う。

ただ、敵愾心《てきがいしん》すら感じる態度に星一は気圧《けお》され、言葉に詰まってしまった。

「やりたいならさっさと済ませましょう、面倒くさいから」

ツカダは吐き捨てると一歩先に行く。取りつく島のない態度だが、向かう方向は紛れもなくラブホテルだった。

無言で部屋に入ると、長身の美女は急に縮こまった。

呼吸が荒くなり、星一を見る目が泳ぐ。

「本当に……私と、するんですか？」

「ええ、約束通り……その、セックスをするために来たわけなのですが」

「本気で？　私と？」

彼女はあからさまに動揺していた。さきほどは外見の凛々《りり》しさも相まって不機嫌な態度に見えたが、実際は違うのだろう。

彼女はひどく緊張し、怯えていたのだ。

「だいじょうぶ、優しくしますから」

「は、はい……んっ、ふぅ……」

手をさするだけでツカダは吐息を漏らした。存外敏感なのかもしれない。

まずは体をあちこち触りつつ服を脱がしていく。男物に近い服なので構造もわかりやすい。あっという間にスポーツブラとそろいのショーツだけの姿になった。

ベッドに仰向けになると、彼女は恥ずかしげに目を逸らしていた。

「可愛いおへそしてるね」

「あっ……」

星一が腹にキスをするとツカダは小さく身震いする。

キスがくり返されると身震いが大きくなり、吐息が色づいていく。

「はあ、ああっ、あの、藤田さん……私、まえに付きあっていた男性がいて」

知っている。その男は正確には彼女が付きあっていたと思いこんでいる男、門馬礼司だ。彼にとっては一夜かぎりの性欲発散道具でしかなかったのだが。

「そのひとが……私では満足できないと言って……」

ツカダの目は屈辱に潤んでいた。好きな男にベッドで無下に扱われて以降、彼女は男性的な装いを意識したらしい。不機嫌な態度も同様だ。

女性として恥をかかされた恐怖から、男を遠ざけたかったのだろう。

栄美がどうやって彼女とのセッティングを実現したのかはわからない。ただ、男性を恐れているのは男と愛しあいたい気持ちの裏返しと思えた。

「だいじょうぶ、俺とふたりで満足しよう」

星一はできるかぎり優しく彼女の頬を撫でた。

「はい……お願いします」

こぼれ落ちた涙をキスで拭うと、均整の取れた体がすこし弛緩《しかん》した。

(この子は優しく扱ったほうがいいな)

性感帯以外の部位をフェザータッチで責めていく。焦れったいほどすこしずつ。臆病な長身美女の気持ちが追いつくのを待つように。

「ああ、星一さん優しい……礼司さんよりもずっと……」

「ツカダさんが可愛いから優しくしたくなるんだよ」

耳元でささやくと、彼女はじっとこちらを見つめてきた。そこでキス。これも唇をついばむバードキスを念入りにくり返し、慣れてきたところで唇をなめる。反応がよかったので口内に舌を差しこみ、ゆっくりねっとり舌を絡めとっていく。

そのタイミングでブラをずらして乳首をこする。指の腹を擦りつける。

「あっ、ああッ、はあぁ……だめ、だめぇ……！」

ショーツ越しにクリトリスをそっと叩くと、彼女の背筋が跳ねた。

「あああぁあああッ……！」

イッたらしい。ショーツに愛液の染みが広がる。すでに彼女は男嫌いのマニッシュガールではない。モデル体型の感じやすい美女である。

艶めく肌を目で愉しみながら、星一はショーツを脱がした。脚が長いので引き抜くのにすこし手間取った。その焦れったい時間も魅惑的だった。

「本当にスタイルがいいね、ツカダさんは」

「星一さんはたくさん褒めてくれるんですね……」

「思ったことをそのまま言ってるだけだよ」

歯が浮くような言葉を紡《つむ》いで、震える脚を左右に押し開いた。

恍惚としていたツカダがたちまち身を強《こわ》ばらせる。

「あぅ、ぁあ……！　ごめんなさい、ごめんなさい……！」

突然の謝罪の意味は星一にもわからない。

彼女の秘唇は薄い恥毛に囲まれ、本人とおなじく恥ずかしげに閉じ気味だった。いままで交わった女性たちとはまったく違う。

「ごめんなさい……まだ処女で、ごめんなさい」

「しょ……え、処女？」

話が違う。彼女は門馬礼司と一夜を共にし、恋人気分で浮かれていたところを捨てられたのではなかったのか。

「彼が、入らないって……礼司さん、入らないって怒って……！」

「だいじょうぶ、俺は絶対に怒らないから。ただすこし見せてもらうよ」

想定外の展開に戸惑いながら、星一はツカダの秘処を観察した。

サイズそのものが小さいとは思わない。縦の長さはむしろ栄美より大きいぐらいだ。体が大きいのだから当然だろう。

だとしたら、なぜ入らなかったのか。

「ごめんね、すこし我慢して」

星一は断りを入れて、彼女の裂け目を指で開いた。

「あぁ、いや、いやあ、ごめんなさい……！」

しゃくりあげる声に心を痛めながら、裂け目の底の窄まりまで指で開く。

肉の障壁が膣への道を遮《さえぎ》っていた。処女膜というものだろう。膣を完全に塞いでいるわけでなく、穴の一部が癒着している形だ。男根の入るほどの隙間はない。

「うん、たしかに処女だね」

「ごめんなさい、ごめんなさい、ごめんなさい……！」

「謝らなくていいんだよ。ツカダさんはなにも悪くないんだから」

指で触れてみると、膜というには肉厚な感が強い。

(ヤリチン男の礼司が処女膜を破れないなんて考えられないけど……もしかして、これって普通より分厚いのかな)

星一はすこし考え、ツカダに質問を投げかけた。

「礼司としたとき、痛かった？」

「はい……すごく痛くて、ムリだムリだと騒いだせいで、怒らせてしまって。彼、そのまま帰ってしまって。スマホもブロックされて……」

分厚いせいで破りにくくて、礼司は痺れを切らしたのだろう。

だからと言って女の子に当たり散らす神経が理解できない。むしろつらい思いをしているのはツカダのほうだったはずなのに。

救ってやりたい。星一はそう思った。

「ツカダさん、今日は泊まりになるかも」

「え、宿泊……ですか？　僕なんかと……」

「一晩、俺と付きあってほしい。お願いします」

目を見つめ、手を握って頼みこんだ。

ツカダは息を飲み、頬を赤らめ、「ハイ」とうなずいた。

そこからしたことは単純である。

指と舌で時間をかけて、じっくりと処女膜を慣らしていったのだ。

破るのでなく、わずかな隙間をすこしずつ広げていく。彼女が痛がったら休止し、クリトリスで快感を与える。間を置いてまた処女膜を責める。ときおり会話で彼女が魅力的であることを伝えながら。

何時間もかけ、指でなく亀頭を使いはじめてまた数時間。

とっくに日も暮れたころ、ついに。

「あぁああッ……！　熱い、熱いです……！」

「入ったよ、ツカダさん」

星一の剛直が根元まで入った。

ツカダは痛がるどころか快楽に胴震いする。

「なにか来るっ、きますっ！　藤田さん、藤田さんッ……！」

直後、マニッシュな美女は絶頂に狂った。

そこからは激しく求める彼女を全力で愛し、何度も精子をくれてやった。

「うれしいっ、うれしいぃ……！　気持ちいいっ、セックスすごいッ、ずっとしたかったですッ、こんなセックスしたかったぁ……！　あぁああぁーッ！」

もはや強がって攻撃的に振る舞っていた彼女はいない。

一匹のメスと化したツカダは息を飲むほど美しく扇情的だった。


次に紹介されたのは鈴木典子《すずきのりこ》。

待ちあわせ場所に現れたのは、いわゆる地雷系ファッションであった。

ピンクに染めた髪を左右でくくり、身につけたフリルブラウスもピンク。サロペットスカートと厚底ローファーは黒。

オタクが好みそうなあざとく可愛らしい衣装に、目を大きく見せるメイク。

そして鼻にかかったアニメじみた高い声。

「はじめまして、リコリコで〜す」

「りこり……？　鈴木さん、ですよね」

「リコです〜！　りこりーって呼んでくれてもいいですよ〜！」

本名は鈴木典子のはずだが。

ツカダに続いてずいぶんと個性的なのが来たものだ。

とりあえずラブホテルに向かった。遠慮なく腕に絡みつかれた挙げ句、「ねえねえ、ちゅーしよ？」と人目を憚らずキスを求められて閉口する。

適当に誤魔化すと、彼女はぷっくり頬を膨らませた。

子どもじみた態度の一方、髪が揺れるたび覗ける耳にはピアスの輝きがあった。丸いもの、ぶらさげるもの、針状のもの、などなどずいぶんと賑やかだ。

(そういえば栄美ちゃんが言ってたっけ)

――ピアスが多いタイプはMとドスケベが多い。

それが本当かどうかは疑わしいが、確かにこの娘《こ》はスケベそうだ。

ホテルに入るなりリコリコは星一の股間を撫でまわしてきた。

「ねえねえ、お兄ちゃんって巨根なんでしょ？」

「お兄ちゃん……？」

「エイミーが言ってたよ、エッグいハメ方してくるって。女の子をブッ潰す意地悪デカち×ぽだって。ね、いじめる？　りこりーのこと強姦しちゃう？」

へ、へ、と犬のように乱れた呼吸で尾を振るように尻を振る。

自分から欲しがっておいてなにが強姦なものか。

もちろん星一はそれを指摘《してき》するほど野暮ではない。ただ股ぐらにいら立ち交じりの興奮が宿る。このエロガキを徹底的に仕置いてやりたい、と。

「パンツ脱げよ、レイプの邪魔だから」

「やだぁ、本当にガチレイプのひとだぁ、こわいよぉ」

大仰《おおぎょう》に身をすくめているが、その瞳には嫌悪も恐怖もない。カラーコンタクトでもつけているのかやけに青く、キラキラと輝いていた。

彼女の期待に応えてやろうと、星一は半眼で冷たく見下す。

ピシャンと平手で頬を打った。

「え……」

「脱げって言っただろ」

「は、はい……」

リコリコは震えながらパンツを脱ぎだした。吐息の甘さと目元の上気した赤らみがなければ、本当に怯えさせてしまったかと勘違いするぐらい迫真だ。

Mには「かわいそうな自分」に酔うタイプが多いと芳花が言っていた。幾つものピアスの量とあわせて、リコリコは芳花より業の深いMと考えていいだろう。

「脱ぎました……」

「穴見せろよ」

星一はフリルを重ねた愛らしいスカートを強引にめくった。

案の定、太ももにはナメクジの這ったような汁跡が幾筋もある。

加えて、ヘソの下にはタトゥーらしきものも刻まれていた。ハートマークを過剰に装飾した図形で、インターネットでは淫紋と呼ばれることもある。子宮の位置を飾り立てるメスの証《あかし》ということだ。

「おら、ベッドに手つけ」

「やだ、やだぁ……！」

力任せに腕と腰をつかみ、ベッドに手をつかせた。後ろに突き出された尻は淫猥に膨らんで実に犯し甲斐がある。

がっつりと尻肉を捕まえ、後ろから挿入した。

「やああッ、抜いてぇ……！　レイプやだっ、強姦やだぁ……！」

喚く声を無視して星一は腰を振った。

パンパンと下腹で桃尻を打つ。

抽送《ちゆうそう》に引っかかりはない。入り口が柔らかく、しっかり湿潤している。乱暴に動いても問題ない仕上がりだった。

「慣れた穴だな。おまえヤリマンだろ」

「あッ、あぁッ、あーッ！　ヤ、ヤリマンだなんて、違っ、あんッ、ぁあッ！」

「今週何人とパコった？　言えよ」

尻を叩くとリコリコの声が嬉々として跳ねあがった。

「ひゃうッ、んぁああッ……！　さ、三人、です！　マッチングアプリで会ったひとたちとパコパコしちゃいましたっ」

「一週間で四回もハメてんのか、この淫乱」

「あ、ふたりは3Pだからお兄ちゃん含めて三回かも」

「本当にただの淫乱だろ……チ×ポはめやすいガバマンしやがって！」

つかんだ尻を引き寄せながら叩きつける。

ばちゅんッ、ばちゅんッ、と痛ましいほど突きまわす。

暴力的なピストン運動で仕置きまくる。

「あへぇぇえッ！　ごめんなさいッ、ガバマンでごめんなさいぃぃッ！　もうデカち×ぽ以外だと感じないち×ぽ狂いでごめんなさいぃぃッ！」

「許すわけないだろ、この公衆便所め……！　妊娠して反省しろッ！」

星一は怒りを込めて一発目を中出しした。

「はひぃいいいいッ！　ぃいッ、ぃいいいーッ！」

リコリコはふたつくくりの髪を振り乱してイキ狂った。

それで終わるはずもなく、今度はひっくり返して仰向けに。星一は彼女の脚をつかんでV字に開き、斜め上から突き降ろすように第二ラウンドに入った。

「あへぇッ、へひぃぃッ、ゆるしてくださいッ、休ませてくださいッ」

涙ながらに許しを請うリコリコだが、上辺の態度は本心ではない。男根に媚びつく膣肉が彼女の欲望を如実に顕している。

加えて、星一が気になったポイントがひとつ。

彼女は握り拳を下腹の淫紋に埋めていた。

(子宮を押さえて奥に当たりやすくしてるのか？)

たぶん半分は当たり。それにしても拳が深く沈んでいる。

星一は彼女の手をどかせ、自分の拳を押しこんでみた。

「こわいっ、やだっ、叩かないで……！」

まっすぐ見つめてくる潤んだ瞳がすべてを語っていた。

「もっと締めろよ、ま×こ女」

罵声を浴びせつつ、拳をすこし浮かせ、手首のスナップで淫紋を打つ。

「ウッ！」

痛みにならない程度の打撃だが、リコリコは脚をピンと伸ばして痙攣した。浅い絶頂に達している。子宮という性感帯への衝撃ひとつでだ。

「殴られてイクのか。とんでもないマゾメスだな」

「ち、違うもんっ、りこりーは清楚でかわいい女の子だもっ、おへッ！」

とす、とす、と拳を入れるたびに脚がビクつき、顎が跳ねあがる。肉棒の抜き差しもタイミングを合わせると、口から舌が飛び出した。

「へぇえッ！　あへっ！　おぉおおッ！　イグッ、イグッ、イギますッ！」

ぎゅううう、と柔穴が縮みあがって陰茎に嚙みつく。

「どんだけ殴られるの好きなんだよ、なあ？」

平手で顔をペチペチ叩いてやると、ますます秘処が収斂《しゅうれん》する。

「ひぃッ！　ああッ！　ごめんなさいッ、ドＭの変態でごめんなさいッ！　雑魚ま×このヤリマンでごめんなさいッ！」

「反省してるか？」

「してますっ、してますぅうッ！　あひッ、子宮ボコボコにされて反省ま×こになりますぅうッ！　あへっ、あはッ、はおぉおおッ！」

「ダメだ、まだ許さないぞ……！　卵子までも虐めてやるッ、卵子出せッ！」

テンションまかせで適当に吐き出したセリフがリコリコに刺さったらしい。彼女は本日一番の汚い嬌声で喜悦の頂に達する。

「おぎッ！　ぇひぃぃぃいッ！　卵子出しますッ！　受精しますッ！　精子さまに卵子ボコられて妊娠じまずぅううッ！」

喰らえ、と星一は渾身の射精で子宮口を殴打した。

同時に下腹を殴り、頬を打つ。

暴力性を全力で発揮して、浅ましい昂揚感に包まれて何度も射精した。

「あーッ！　はーッ！　赤ちゃんできちゃうっ、やあぁあッ」

リコリコは過酷な凌辱にくり返し歓喜の悲鳴をあげていた。

もちろんまだ終わらない。

星一の精力はたぎりだしたところなのだ。

数時間かけてのプレイが終わると、リコリコはタバコを吸いだした。

「あ、ごめんねお兄ちゃん。タバコだいじょうぶ？」

「俺は吸わないけど、べつに嫌でもないよ」

「よかったぁ……じゃ、栄美ちゃんとの約束のコレあげるね」

スマホのメッセージアプリを通じて動画ファイルが送られてきた。

星一はそれを軽く確認して顔を歪める。リコリコと男が交わっているハメ撮り動画だった。男は美形だが軽薄な雰囲気が強い。

「礼司きゅんってほんと顔だけだよね、性格最悪」

Mなら性格最悪な男って嬉しいんじゃないの、と言いかけてやめた。

「アイツ、この動画欲しがってさあ。オナニーに使うとか言うから、まあいっか、って渡したら、勝手に友だちに送りやがったの。そっからネットに流出したし、マジありえないんですけど」

「それはご愁傷《しゅうしょう》さまだね……本当に」

被虐趣味があっても公開露出はまた別の嗜好なのだろう。しかも断りもなくネットに流出されたのだから、怒るのも無理はない。

「セックスだってね、まあ気持ちよかったけど、顔とデカち×ぽに甘えてるっていうか。イケメンで巨根だから女はなにやっても悦ぶだろって舐《な》めた態度で。そりゃイケメンとパコるのはアガるけど……やっぱこっちの気持ちを汲《く》んでくれる星一お兄ちゃんみたいなひとのほうがいいなあ」

リコリコが星一にしなだれかかってくる。

次のラウンドは間もなく開始された。


栄美の紹介する女子大生は千差万別だった。

背が高い者から低い者。

セックスに慣れている者、処女と大差ない者。

共通項は全員が門馬礼司と関係を持っていたこと。そしてほとんどが彼に不満を持ち、後悔していること。

カゲヤマという女子大生も同様である。

彼女とは繁華街のアートぶった妙なオブジェ前で待ち合わせた。

「あの……藤田星一さんでしょうか……」

背を丸くしてうつむきがちな、眼鏡の女性だった。長い黒髪は後ろでひとつにくくっているだけで、整えられておらず乱れた感が強い。衣服はゆったりしたチュニックにダボっとしたジーパン。全体的に外見をあまり気にしていないように見えた。

「藤田星一です。カゲヤマさん、今日は来てくれて本当にありがとう」

「あの……はい、えへ、えへへへ……こちらこそ、わざわざ……」

挨拶を済ませると、彼女は唯々諾々《いいだくだく》と星一に従い、ラブホテルまでついてきた。

部屋のドアが閉ざされると、大きくツバを飲む。

「あの、あの！　本当に、セックスするんですよね、あは、あはははは」

「もし嫌ならすぐホテルから出て解散でもだいじょうぶだよ。あんまり深刻に考えないで、カゲヤマさんのしたいことに合わせるから」

「そんな、嫌だなんて……藤田さんこそ嫌な気持ちにならないかなーって、あは、まあ嫌ですよね、こんなブスとえっちするなんて……」

彼女は卑屈に笑って目を逸らす。冗談めかしているが本気の苦悩が垣間見えた。

星一は彼女の顔を真正面から見据える。

長い前髪と眼鏡のせいでわかりにくいが、目鼻立ちは悪くない。ややまぶたが厚ぼったいだろうか。しかし唇がぷるんと柔らかそうな部分は充分魅力的だ。化粧っ気は薄いが、リップにはこだわりを感じる。

「カゲヤマさんはかわいいよ。唇、おいしそう」

「お、おいしそう、ですかね、えへ、へへ……グロスとか、ちょっとがんばってみたんですけど……おこがましいかもだけど」

「キスしてもいい？　この唇、すっごく食べてみたい」

カゲヤマは息を飲んで頬を赤らめる。

うつむきがちに、小さくうなずいた。

星一は彼女の唇を奪った。これまでの経験を活かしたテクニックで彼女を溶かすつもりで舌を遣う。

「んむっ、えうッ……！　ん、ちゅ、ちゅく……れろ……」

カゲヤマは震えながらも、徐々にキスに慣れていく。

口を離すころにはだらしなく笑みを浮かべていた。へつらいの笑みでなく、ただ快楽に酩酊《めいてい》した顔である。

「藤田さん、キスうまいですね……あは、はは、口クサくなかったかな……」

「美味しかったよ、カゲヤマさんの口。もっといろんなところ食べたい」

「は、はい……食べてください、ぜひぜひ」

ベッドにあがり、服を脱がせて愛撫をしていく。

なにかと彼女は自分のことを卑下《ひげ》した。

臭かったらゴメンナサイ、太っててゴメンナサイ、毛深いから剃《そ》ってきたけど剃り残しがあったらゴメンナサイ、などなど。

すべて彼女の思い込みでしかない。

そう思いこむような過去がカゲヤマにはあった。

太ってると言ってもくびれが控えめな程度で、むしろ抱き心地がいい。柔らかな肉に溺れる心持ちで彼女を抱きしめ、星一は巨根を挿入した。

「あぁぁあぁッ……！　あう、あぁ、うそ、これ、わぁ、すごい……！」

カゲヤマは目を白黒させていた。

「痛くない？」

「平気です……正直怖かったけど、すっごく熱くて、ぐりぐり引っかかる感じだけど、でもでも、なんかすっごい、あひッ！」

最奥を亀頭ですこし擦るだけでカゲヤマはよがった。

「感度いいね、かわいいよ」

「……うれしい。こんなに優しく抱いてくれたひと、はじめてです」

「俺も嬉しいよ……カゲヤマさんの中、すごく気持ちいい」

ちゅ、ちゅ、と顔にキスをくり返すと、カゲヤマがまた酩酊する。目が潤むと愛らしさが増す。やはり彼女はブスでもデブでもない。可愛い女の子だ。

ゆっくり抽送すると彼女は如実に悶えはじめた。お椀型《わんがた》で形のいい乳房を揺らし、肉付いた太ももを震わせて。

「いいっ、藤田さんいいっ……！　藤田さん、藤田さんッ……！」

淫乱たちとの激しいプレイもよかったが、優しい交わりにも魅力がある。

ゆったりしたキスで愛情を通わせ、ときおりギュッと抱きしめる。胸がきゅっと締まるような、初恋を思い出す甘酸っぱい感動があった。

それでいてカゲヤマの感度はけっして低くない。むしろ感じやすくて、全身あちこちに快楽反応が出ている。

(ツカダさんとは逆に経験はけっこうある感じかな)

すこしずつ腰振りを加速して、いつしか最高速になっていた。

「あんっ、あッ、あーッ！　あぁああッ……！　藤田さん、私もうイキそう……！」

「俺もそろそろ出るよ、カゲヤマさん……！」

「中に、奥にください……！　ピル飲んでるから中出しでいいです……中出しがいいです！　かわりに、最後に……」

カゲヤマは星一の尻をカカトでぐっと抱きこんだ。

「好きって言いながら出してください」

可愛らしい要求を星一は喜んで飲んだ。

「好きだよ……！　大好きだ、ああっ、好きッ、だッ……！」

「私も好きッ、藤田さん好きっ、だいすきぃ……ひぁああああーッ！」

ふたりは強く抱きあい、快感の炸裂に身を捧げた。

子宮を埋めつくすほど大量に出た。


事後、カゲヤマはしきりにキスをせがんできた。

星一は彼女が満足するまで、何度でもキスをくり返した。

「はあ……しあわせ。こんな幸せなセックス、うまれてはじめて」

「喜んでくれて嬉しいよ」

そう言って頬にまたキスをくれてやる。

クスクスと笑うカゲヤマがいとおしかった。さきほどまで悶え狂っていたので髪がますます乱れているが、それも愛嬌に見える。

「藤田さんって本当に優しいですね」

「うまく優しくできてるならよかったよ。可愛い女の子を嫌な気分になんてさせたくないからね」

「そういうとこ、あのひとと正反対」

カゲヤマは苦笑した。

「あのひとっていうのは……」

「栄美ちゃんのお兄さんです……昔は憧れてたんだけど。背が高くてかっこいいし。でも……あ、暗い話はやめたほうがいいかな」

「せっかくだから吐き出してもいいんだよ」

その話を詳しく聞くのも目的のひとつだった。

「私、礼司さんに告白して。そしたら部屋に連れこまれて、えっちしちゃって……痛かったけど、えっちしてくれたのが嬉しくて。今日から礼司さんの彼女だーって浮かれて。でも、あのひとはそんなつもりじゃなかったみたいです」

後日、恋人として振る舞うカゲヤマに、礼司は冷たく言ったらしい。

――いや、俺たち付きあってないじゃん。

ショックを受けるカゲヤマをまた部屋に連れこみ、セックスをした。性欲を解消するためだけにカゲヤマを利用していた。

しかもなにかと罵声を浴びせてくる。

——おまえイキ顔ぶっさいくだなぁ。

——痩せろよ、腹出てるぞ。

——ブタ、いけよ。ぶーぶー鳴いていけ。

彼にとってはＳＭプレイのつもりだったのかもしれない。

だが思春期のカゲヤマにそれらの言葉は深く突き刺さった。ショックで余計に過食が進んだという。

なのに初恋から逃れられず、便利なセフレの立場に甘んじていた。

「それで、先輩の家にいったら……知らない男のひとがたくさんいたことあって」

あろうことか、礼司は男友だちにカゲヤマを提供した。

初恋の相手のまえで男たちにまわされ、カゲヤマはそれでも耐えた。

当の礼司がスマホで撮影しながらへらへら笑っていることに気づくまでは。

——こいつＭだからもっと虐めてやれよ。

大勢によってたかってビンタされ、罵倒を浴びせられた。

とくにブス、デブ、ブタの三つが深く心に刻まれた。

カゲヤマは礼司との連絡を絶ち、不登校になった。

拒食と過食をくり返すようになり、最近ようやくすこし立ち直ってきたという。

「なんか、馬鹿らしくなってきました」

彼女は軽々とそう言ってみせた。

「昔の私がすっごく馬鹿だった！　栄美ちゃんにも兄貴は女癖悪いって言われてたのに話を聞かないで！　うん、引きずるのも馬鹿馬鹿しい！」

「そうだね、馬鹿な男のことは忘れよう」

「はい！　次は藤田さんみたいに優しいひとを探します！」

空元気《から》かもしれないが、表情はたしかに明るい。真摯なセックスで彼女を救えたのだと思えば、星一も清々《すがすが》しい気分になれた。

そしてまた確信する。

門馬礼司は同情の余地のないクズだと。

「それでカゲヤマさんにお願いなんだけど」

「なんでも言ってください。すごいセックスしてくれたお礼はしますから」

「じゃあ、その独りよがりセックスのクズ男のことなんだけど……」

協力者がまたひとり増えた。
門馬礼司を地獄にたたき落とす日は刻々と近づいてきている。

第五章　令嬢撮影

清水屋日和から電話がかかってきたのは深夜のことだった。

慎み深い深窓の令嬢にしては無遠慮な時間帯である。

とはいえ、芳花からのメッセージで伝えられていたので驚きはない。

むしろ、予想通りに事は進行しているといえる。

「はい、もしもし」

星一はＰＣのキーボードから手を放し、相手の出方を窺《うかが》った。

『もしもし……日和です。清水屋日和です。夜分遅く申し訳ございません。いまお時間よろしいでしょうか……』

声に元気がない。すこし嗄《か》れ気味に聞こえる。たぶん泣きはらした後だろう。

彼女になにがあったかは把握している。

計画どおりだが胸は痛んだ。

「ええ、だいじょうぶです。仕事も一区切りしたところなので」

『ありがとうございます……あの、まえにお話したことを覚えているでしょうか』

「男女関係の話ですよね」

『はい……今回は私じゃなくて、友だちの話なんですけど』

誤魔化しているのは見え見えだが星一は「なるほど」と乗ってみた。

すう、はあ、と深呼吸の音が聞こえる。

ふたたびすうーと彼女は吸って、呼気とともに身を切るような言葉が出た。

『彼氏が……浮気、しているそうなんです』


日和は獣に囲まれて悲鳴をあげていた。

「助けてっ、藤田さん、あっ、ひッ、助けてーッ」

獣たちの鼻面を擦りつけられ、日和はついに言葉を失う。

異形の獣であった。頭が体とおなじぐらいのサイズで、四つ足でなく二足歩行。ぶっとい腕で日和を追いつめ、もふもふの体で押し潰す。

「この子たち可愛いのに押しが強すぎですよお、ひーっ」

「楽しんでいただけたようで、なにより」

日和は可愛らしいマスコットキャラの着ぐるみと触れあって、ご満悦だった。

にっぽんファンシーコートは近年できたばかりのテーマパークである。

全国で絶大な支持を集めるファンシーグッズメーカーの一大事業であり、平日昼間から大勢の客が行き来している。それらの合間合間に可愛らしい着ぐるみマスコットが散見された。

この場所を勧めてくれたのは栄美である。

開園したら行ってみたいと、以前から日和に聞かされていたそうだ。

星一はアドバイスどおり、気落ちした日和に気分転換として誘いかけてみた。困惑していた彼女の背を押したのも実は栄美だ。

「あー、死んじゃうかと思った！」

着ぐるみの熱烈歓迎から解放された日和は、満面の笑みを浮かべていた。

身につけているのは以前とよく似たお嬢さま然とした衣服。白のフリルブラウスにコルセットスカート、薄手のショールを肩にかけている。

「今日は誘ってくれてありがとうございます！　実はけっこう気になってたんです、ファンシーコート。あ、ちょっと待っててくださいね」

彼女はコンパクトを覗きこむと、黒髪の乱れを手櫛《てぐし》で直す。

「……もしかしてズボラだって思ってます？」

「それぐらいの乱れなら、俺も手で直すことが多いかな」

「ですよね！　お母さんに見つかったらメッて言われちゃうけど」

意外なお行儀の悪さが可愛げに見えた。

とりあえず気軽に笑えるようになったのは良いことだろう。

先日の電話では、いまにも高い場所から飛び降りそうなテンションだった。

彼女に礼司の浮気のことを知らせたのも栄美である。兄がほかの女といっしょにいたので調べてみると、複数の女と取っかえ引っかえデートしていたと。

ショックを受けた日和は信頼する叔母である芳花にも相談した。そこで芳花が礼司に利用されて捨てられたことを打ち明けられてしまう。

信頼する恋人の本性を知らされてショックが連なる。

――礼司さんは私のこと、出世の道具としか思ってないんでしょうか。

あまりにも絶望的な声色に星一まで涙を流しかけた。

純粋な日和をいたずらに傷つけてしまったのではないかと後悔しかける。

(でも、いずれ知ることなら後戻りできるうちに知ったほうがいい)

切り替えて、星一は作戦を遂行した。

気晴らしの名目で彼女を連れ出し、そして――。

さいわい今の日和は細かいことを忘れて遊園地を楽しんでいる。

「こういう可愛いの、やっぱり好きなんだね」

「好きなんですけど、グッズは子どもっぽいから大学生には似合わないって親に止められちゃうんですよね。ノワミちゃんのバッグとか可愛いからほしいんだけどなぁ……栄美ちゃんの友だちが持ってて羨ましかったです」

たぶんリコリコのことだろう。彼女の真似は程々にしたほうが良い気がする。

「なら今日はめいっぱい遊んで、可愛いものをたくさん楽しもう」

「おー！」

日和は子どものように手を振りあげた。

「次はどこに行くかだけど……」

星一はちょうど近くにあった看板で園内地図をチェックした。ディズニーランドほど広くもなければ混むこともないので、行き当たりばったりでも問題はない。

となりで日和も「うーん」と身を乗り出して地図を覗きこむ。

「絶叫マシンがないのがちょっと残念ですね」

「ここは大人も来るけど、メインは子どもたちだろうしなぁ。着ぐるみのアトラクシヨンやショーが一番多いみたいだね。というか、絶叫マシンとかいけるんだ？」

「苦手！ もう絶対ムリ！ だからこそ、あえて乗りたいですね」

「怖いもの見たさってやつかな」

「ですです、怖いのとか苦手だけどドキドキするのが楽しいんでしょう？」

想定外の好みだが、すこし思い当たることもあった。

「ここの近くのショッピングモールに映画館があるんだけど、ちょっとマイナーなホラー映画やってるんだよね」

「マイナー！ ホラー！ どういうのでしょうか！」

日和の顔が看板から星一の顔に方向転換した。

「たしかアジア系の……タイだったかな？ ちょっと独特かもしれないけど、ここ出たら見に行く？」

「行く行く！ 行きます！ ぜひぜひ！」

食いつき方が想像よりずっとすごい。

籠の中の鳥は籠の外に興味津々ということだろうか。ファンシーコートへの興味も、あるいは親に止められたから余計になのかもしれない。

（だとしたら……）

すこしずつ日和のことがわかってきた。

彼女の魅力も危うさも。

礼司に対する復讐の行き着く先すらも。


ファンシーコートのあとに映画を見終えると、夕食時になっていた。

星一が日和を連れてきたのは焼き肉屋である。

しかも食べ放題がウリのチェーン店。お嬢さまには相応《ふさわ》しからざる庶民的な店だが、当の日和は嬉々として舌鼓《したつづみ》を打っていた。

「あー、シマチョウ！　シマチョウもう一人前追加で！」

「好みが渋いなぁ。俺はまた味付けカルビを追加しようかな」

タブレット端末で注文するころにはテーブルのシマチョウが全滅していた。健啖《けんたん》と言わざるをえない。高級イタリアンから急きょ方向転換した甲斐がある。

「日和ちゃん、気に入ってくれた？」

「はい！　味はそこそこだけど、シマチョウがこんなにたくさん食べられるなら全然OKです！　歯ごたえも強くて最高……！」

星一にとってはアドリブの勝利だった。

オシャレなイタリアンなど彼女にとっては日常だろう。逆に庶民派を突き詰めてファーストフード店で好奇心を満たそうかとも思った。が、大学で栄美などとつるんでハンバーガーを食べる機会はいくらでもあるだろう。

そして清水屋の家は娘の門限を厳しく設定している。

夕食を友人と食べる時間はほぼない。

であれば、日和が心置きなく焼き肉食べ放題を楽しんだ経験は、ほぼないはずだ。

その判断がドンピシャリだった。

(今日の門限は芳花さんが誤魔化してくれるから、一気に攻め落とそう)

叔母の芳花であれば日和の両親にも口利きできる。今日、清水屋家のご令嬢は海外留学する女友だちの送迎会ですこし遅くなるという設定だ。

「おばさんが許してくれるなんて、藤田さんは信頼されてるんですね」

日和はシマチョウ待ちでチューハイを飲みつつ笑う。

「あのひとにはお仕事でもお世話になってるし、頭があがらないけどね」

「お仕事だと芳花おばさん、すっごく怖いって聞きました」

「クールなひとだよね」

「はい、すっごくかっこいい。あんなふうになりたいなぁ」

ドMな本性のことはさすがに言えなかった。もちろん芳花も仕事とプライベートで切り替えはしっかりしているので、日和の認識も間違いではない。

「礼司さんとのデートでは門限厳守だったんだけど……」

口にした途端、日和の顔が暗くなる。

誤魔化すように笑い、チューハイを一気飲み。端末から次の一杯を注文する。

「早い目にレストランに入って、食べたら家まで送ってもらって。ビックリするでしょう？　色気のある話にぜんぜんならないんですよー」

冗談めかしているが真剣な悩みに違いない。アルコールの力を借りてようやく吐露できたのだろう。

「昼間にデートをしても色気のある展開にはならなかったんだよね？」

「はい、ぜんぜん！　今にして思えば好みじゃなかっただけなんだろうけど……浮気してたわけだし」

浮気されていたのは友人では、という茶々は入れなかった。星一はすでに事情を知っているし、彼女には酔いに任せて吐き出させたい。

「栄美ちゃんも前から言ってはいたんです。礼司さんは手が早いからそこらじゅうの女性と関係を持ってるって。でも、私とは真剣に付きあってくれてると思ったから、もう肉体関係は断ってると思ってたんだけど……」

日和は交際中の日付入りのハメ撮り動画を栄美から見せられた。星一が体を張って手に入れたものである。

栄美の紹介で礼司の被害者と接触し、そこから別の被害者に手を広げた。セックストレーニングをしつつ浮気の証拠を見つけるためだ。栄美が直接紹介できなかったのは、礼司のせいで交友関係が破壊されてしまったからだという。

「やっぱり……芳花おばさんの言うとおりだったのかな」

「というと？」

「清水屋家の財産狙いという話です」

日和はシマチョウを喰らい、チューハイをあおる。

「お金しか価値のない女でも……一回ぐらい抱いてくれればいいのに」

「やっぱり日和ちゃんってそういう経験は……」

「処女です」

やけっぱちの宣言が彼女の口から放たれる。顔はすでに真っ赤。チューハイ三杯でここまで酔えるのは立派に可愛げだ。

そして攻め入るための隙でもある。

「もし嫌なら答えなくていいけど、ひとりではしてるの？」

「あー、藤田さんえっちですねぇ。してますよ？　私だって学生とはいえ成人女性ですし、そりゃあしてますとも。当然しております。えっちな女です！」

「ならセックスもしたいよね」

「ですよ！　ムラムラもしますよ！　藤田さんはどうなんですか？　恋人とかいるんですか？」

「いや、いまはいないね。まえに結婚してたけど……」

星一は苦笑で言葉を濁《にご》した。

「あー……もしかして私、失礼なこと聞いちゃいました？」

「話の流れだし仕方ないよ。だからまあ、俺もよくムラムラしてる」

「あはは、ですよね。男も女もムラムラするものですよね」

楽しくて仕方ないというふうに日和はけらけら笑う。昼間のお行儀のよさそうなお嬢さまとはまるで別人だ。それでいて可愛らしい。

お人形さんのような箱入り娘でなく、無邪気で元気な普通の少女。

その変化がほほ笑ましくも痛々しい。

はたして礼司はこんな彼女を知っているのだろうか。

人形のような彼女ばかりを見ていたのではないか。

だからガラス細工に触れるように慎重に接していたのではないか。

(でも俺は……ひとりの人間としてこの子と接したい)

礼司への対抗心だけではない。

日和という女性に興味が湧き、気になって仕方なくなっていた。

「ムラムラするなら……ふたりで発散しようか」

「わー、ナンパされちゃった！　あはは、どうしよっかなあ。私、いちおう婚約者さんがいらっしゃいますので」

「婚約したままでいられる？」

星一が正面から見つめると、日和は目を逸らせずに黙りこむ。

「率直に言う。日和ちゃんと門馬礼司はもう今までの関係ではいられないと思う」

「でも、私は……！」

日和は言葉の続きを紡ぎ出せずに黙りこむ。

「彼がひどい浮気をして、事によっては財産を狙っている。それがわかった時点で日和ちゃんが望む関係ではいられないいんじゃないか」

「でも、でも……」

「今日行ったファンシーコートが元は普通の遊園地だったの知ってる?」

突然話が切り替わって、日和が戸惑いに首をかしげる。

「けっこう古い遊園地だったんだけど、老朽化したジェットコースターで事故があってね。業績が年々悪化してたこともあって閉園したんだけど……会社ごと買い取られてにっぽんファンシーコートに生まれ変わった。いまはもうジェットコースター事故のこともみんな忘れて、好調な出だしらしい」

事前にネットで調べた情報が驚くほどスラスラと口を突いて出る。体を鍛えて女性経験を積み、度胸がついたためかもしれない。

「どうしようもないケチがついたら、いったん完全に潰したほうがいいんだ」

「潰す……私と礼司さんの関係を……」

「彼を許すにしろ許さないにしろ、半端に済ませちゃダメだ。悪いことは悪いと、けじめをつけないとダメなんだ。離婚経験のある俺が断言する。彼の裏切りをただ無為に見過ごしたら絶対に嫌なしこりが残る」

星一は離婚時に美玲と礼司に制裁できなかった。体調と激務のせいで手がまわらなかったとはいえ、しこりを残した結果が数ヶ月の鬱屈期間だ。

経験者の言葉に重みを感じたのか、日和は固唾を呑んだ。

かと思えば、顔から戸惑いが薄れていく。

「わかっていました。本当はもう礼司さんとの関係はつづけられないと」

「すぐには割り切れないよね。気持ちはすごくよくわかる」

「ありがとうございます……星一さんに相談して本当によかったです」

日和はほほ笑みにまだ苦みを残しながら、どこかサッパリした様子だった。

(いろいろ画策したけど……これでいいのかもしれない)

なんならもう自分が出る幕ではないのではないか。彼女が礼司を切り捨てればそれですべては終わる。星一のやることはもうない。

純粋無垢な令嬢を利用する必要など、もうない。

と、思ったのだけれども。

「それで……ムラムラはどうしましょう」

日和は頬を染め、上目遣いに訊ねてきた。

その後、焼き肉屋を出ると、星一の向かう先に日和は黙ってついてきた。夜の街の最奥、男女が行きつくひとつの終点――ラブホテルだ。

メルヘンチックな部屋だった。

クリーム色や落ち着いたピンク色が内装を彩り、ぬいぐるみまで完備。

ベッドはハートマーク型でカラーリングは白と赤。

「わあ！　かわいい！　小学校のころこういう部屋に住みたかったなぁ」

「完全にファンシーコートの客を狙ってるね」

立地がすこし近いので狙いはよくわかる。おかげで日和も喜んでくれた。

「この壁に描かれてるキャラ、ちょっと見覚えあります！」

「パクリだね。下手したら訴えられそうだけど」

「あ、こっち！　見てみて、窓！　ガラスにもキャラがたくさん！」

「パクリだらけだなぁ」

「あははは、治外法権みたい！　ひっどいですね！」

日和はファンシーコートの子ども客のようにはしゃいでいる。

緊張を誤魔化すための演技だということを星一は見抜いていた。はじめてのラブホテルなのだから無理もない。

「とりあえず先にシャワーを浴びてきて」

「あ、シャワー……ですよね。浴びますよね。うん、それがいいと思います」

途端に日和は縮こまる。

浴室に向かう足取りもたどたどしい。

初々《ういうい》しい反応が可愛らしくて、星一は笑顔で彼女を見送った。

ドア越しにしぶきの音を聞きながらスマホをいじった。メッセージアプリ上に作ったグループ「反R同盟」にメッセージを送る。Rは礼司の頭文字だ。

『日和ちゃんとホテルにきました』

対するメンバー三名の反応はそれぞれだ。

真貴子は無言で応援のスタンプ。

芳花は優しくするようにとアドバイス。

栄美は「ハメ撮り期待」と下世話。

「……入ってきました」

「じゃあ俺も浴びてくるからすこし待っててね」

バスローブの彼女をしっかり見つめていたい気もするが、耐え忍ぶ。

ただ、火照った体から漂う湯気がとびきり良い匂いだった。

「……どうしよう、本当にいい匂いだ」

シャワーを浴びていても浴室に残った彼女の匂いに気を取られる。

ほの甘く優しい香りだった。

嗅ぐとすこし気分がとろける。もっと嗅いでみたいと思える。

「そういえば……男女関係は匂いが重要だって言うな」

体臭が好みの相手とは上手くいく——論拠までは知らないが聞いたことはある。

「相性いいのかな」

考えながら浴室を出た。

日和は壁際にいた。

なぜか再び服を身につけていて、なにか白い布のようなものを顔に押しつけている。

さきほどハンガーに掛けた星一の白Yシャツだった。

「あ、あの……ち、違うんです。ちょっと皺が寄っていたから、かけ直そうと思っただけで……べつに、変なことするつもりでは……」

Yシャツをハンガーにかけ直す手つきは、不安になるほど慌ただしい。

あえて星一は別のことを指摘した。

「着替えたんだね」

「あ、はい……もしかしてバスローブのままがよかったんでしょうか？　ちゃんとした服を着るのが作法のような気もしたんですが」

やはり籠の中の鳥はどこかズレている。

星一はくすりと笑って彼女の背後に近づき、肩に手を置いた。

「もしかして、匂いが気になってた？」

日和は黙りこむが、肩の手を厭う様子はない。ただ呼吸の音が聞こえる。

すう、すう、と鼻で息を吸う音。

「藤田さんって……」

「星一でいいよ」

「……じゃあ、星《せい》くんって、なにか香水つけてます？」

「とくにつけてないよ」

なぜいきなりアダ名っぽい呼び方になったのか、という疑問はさておき、星一は日和をくるりと回して正面から対峙《たいじ》した。

彼女はバスローブから覗ける胸板を見つめる。背が低いので正面を向くと必然的にそうなるのだ。火照った筋肉から漂う匂いに、ふう、と嘆息する。

「男のひとの匂い……なんだか、不思議な気分になります」

「俺も日和ちゃんの匂いを嗅ぐとなんだかいい気分になるよ」

「え、やだ。恥ずかしいです、嗅がないでください」

「俺の服を嗅いでたくせにそんなこと言う？」

「うぅ、だってぇ……」

星一はぐずる彼女を抱き寄せた。薄い背中は壊れてしまいそうなので優しく。

ぷにゅりと腹に柔らかなものがぶつかり、潰れた。

背丈とは逆に発育のよすぎるふたつの果実。バスローブのすぐ下にとんでもない大物がある。揉みしだきたくなる状況だが、星一もすでに百戦錬磨。ぐっと己の欲望を押し殺し、彼女の肩から腕にかけてを優しく撫でる。

「体臭が好きになれたら相性がいいらしいよ」

「じゃあ私たち、相性がいいんでしょうか……?」

「実際、思ったほど緊張してないでしょ?」

「してますよ、緊張……もうさっきから胸が爆発しそうです」

このサイズの胸が爆発したら大変だろう。服のうえからでもバストの豊かさは窺えたが、想定よりずっと大きい。四肢や腰つきはほっそりしているのに。

それでも忍耐。自分自身を焦らすつもりで、今度は背を撫でる。

「ん……緊張、してるけど……たぶん、だいじょうぶです。嫌な感じはしないし、それになんていうか……その……ムラムラは、してますから」

日和は星一の背を抱きしめてきた。細腕の先で頼りなげな手がバスローブにしがみついてくる。心細げであどけない仕種である。胸は大人顔負けなのに。

「俺もムラムラしてるよ、ほら」

腰を押し出せば彼女の腹に硬棒が当たる。

「あ……あの、これが……噂に聞く、男のひとのアレ、ですよね……？」

「ち×ぽって言ってみようか」

「ち……ち×、ぽ？　あ、また大きくなった気が」

無知な子どもに淫猥な言葉を教えているようで背徳的な悦びがある。

「ベッドでもっといろいろ勉強しようか」

「は、はい……でも私、知識はいちおうありますよ。ち×ぽのことだって、正式名称は陰茎、ペニスですよね」

「学術的な呼び方より低俗な言い方のほうが良いこともあるんだよ。それに勉強するのは知識じゃなく実践的なことだから」

「は、はい……よろしくお願いします」

ふたりはハートマーク型のベッドに上がった。

膝をつき、まずは星一がバスローブを脱ぐ。

「うわぁ……星くんって本当にたくましいんですね」

「鍛えてるからね」

「その……ち×ぽ、も……すごい、大きい……」

股間の怒張はすでにフルサイズ。いつでも使えるが焦っては元も子もない。自分の快楽よりも日和を優先すべき状況だ。そのためにこれまで経験を積んできた。

「さ、日和ちゃんも」

こく、と日和はうなずき、おそるおそるバスローブを開く。

案の定の大物が現れた。

細身《ほそみ》の胴からこぼれ落ちそうな柔肉の塊がふたつ。

熟しきった芳花ほどとは言わずとも、真貴子や栄美より格段に大きい。それでいて乳首は見とれるほど綺麗なピンク色。肌の白さとも相まって高級な和菓子じみた清純さすら感じさせる。

「あの、あまりじっと見られたら困るかも、です……！」

「慣れて。こんなすごいおっぱい見せられたら目が離せなくなるよ」

「そ、そんな……あッ！」

彼女の声が突如として跳ねた。つづけてこぢんまりしていた乳首がムクムクと膨らみだす。星一も日和も触れてすらいないのにだ。

（まさか……）

星一は試しに乳首へと息を吹きかけてみた。

「はっ、あぁ……！」

令嬢の身震いに応じて赤い突端が硬く大きく変じていく。

やはり先ほどは興奮した星一の吐息に反応したらしい。かなり敏感だ。

「なるほど……日和ちゃんは乳首オナニーを、かなりしてたのかな？」

星一は問いかけながら彼女の手を握った。さすさすと撫でまわしつつ、胸にフッと息吹を喰らわせる。

「んぅ、ぁあ……なんでオナニーのことわかるんですかぁ……！」

「感度がよすぎるからすぐにわかるよ」

「はうぅ……だって、私の胸大きすぎて……なんでこうなのかなって触ってたら、先のほうが気持ちいいって気づいて……」

「いじりまわしちゃったんだね」

「星くんの言い方、いやらしい……！」

日和は愛らしい童顔を羞恥に染めながら、星一の口から目を離せない。

唇が窄まり、呼気が弾丸のように乳首を撃つ瞬間に肩をすくめる。

直撃すると背筋を震わせて感じ入る。

「ぁあぁッ……！　はあんっ……！　息だけでこんなに感じるなんて……！」

「えっちな体してるんだね、日和ちゃん」

星一は乳首への息責めだけでなく、非性感帯をたっぷり撫でまわした。全身の神経を毛羽《けば》立たせれば後の行為がスムーズにいく。

だが、その手を日和がつかんで止めた。

「あの、あの、星くん……」

「もしかして……おっぱい触ってほしい？」

恥ずかしげにうなずく日和が無性にいとおしい。彼女の言うことをぜんぶ聞いてやりたい。求められたなら意地悪をする理由もない。

星一は両乳を腋近くからくすぐりはじめた。

「ああっ……星くん、上手……んッ」

頂点に達するまで長い時間がかかる、と錯覚するほどの巨乳だ。

しっかりと彼女を焦らしてから、乳首——と思わせて周囲の円形をなぞる。

「うう、ち、違う、違うんです……！」

「わかるよ。ここをいじめてほしいんだよね？」

指先で乳首を軽く弾けば、日和が尻で弾むように全身を震わせた。

「はあッ、ぁああッ……！」

当然ながら乳肉も弾む。服のうえからではわからない直接的な躍動に星一の理性がまた揺さぶられた。

本音を言えば、いますぐ揉み潰して先端に吸いつきたいぐらいだ。

(でもまだだ、まだ日和をがっつり感じさせないと)

あえて爪の背で乳首をすばやくこすると、また日和と柔玉が弾んだ。

「んッ、んーッ、あぁあ……！　自分でするのと、ぜんぜん違います……！」

「それだけ日和ちゃんが興奮してるってことだよね」

耳元でささやく。意識して低音を出し、鼓膜と脳を振動させる。

「あぁ……！　星くん、星くん……！」

白い肌がべっとりと汗ばんできている。

「いつでもイッていいよ、ほら、乳首気持ちいいね」

「ああっ……！　あっ、んッ、はあッ……！　きもち、いいぃ……！」

感悦に染まりゆく令嬢に、星一はトドメをくれてやった。

耳を噛み、じゅぱじゅぱとしゃぶったのだ。

日和はひときわ大きな胴震いに飲みこまれた。

「ぁあああッ、イックぅううう……！」

か細い四肢はこわばり、無垢な雪肌に官能の赤みが差す。

たゆん、たゆん、と肉房が卑猥に、それでいて愛らしく暴れる。

やがて彼女は背中からベッドに倒れた。

「はあ……はあ……はあ……すごい……すごかった……」

ぼんやりと宙を見つめ、ただただ法悦の余韻に吐息を漏らしていた。生まれて初めて他者から与えられた絶頂に酔い痴れる。

「ありがとう、イッてくれて。可愛かったよ」

「その言い方、なんだかずるいです……恥ずかしいし、ずるい」

むくれる日和がどうしても可憐に見えた。

子どもっぽい反応が目立つが、性的な敏感さは大人以外の何物でもない。秘処への刺激なしでイケるのはある種の才能かもしれない。

「もうちょっとイッてみようか」

「え、ええ……？　まだいろいろ触るんですか？」

「イヤかな？」

星一が意地悪く問いかけると彼女は顔を腕で隠してそっぽを向く。

「……イヤじゃないですけど」

「じゃ、たくさんよがってくれていいよ」

星一のテクニックが炸裂し、日和の嬌声が鳴り響いた。


五回。

星一が秘処以外を責めて日和をイカせた回数である。

さすがに日和はぐったりしているが、脚はこわばって閉ざされている。

(やっぱり無意識にアソコのガードは堅いんだな)

いたずらに前戯を重ねたわけではない。心情的な問題を推し量っていたのだ。

彼女にとってこの行為は浮気に他ならない。

正当な理由はあるし、彼女自身も納得はしている。星一に対してもそれなりの好意はあるはずだ。それでも不貞を厭う理性と、礼司への義理立てがあるのだろう。

もちろんすべては星一の想像だ。

だがもし正解であれば、彼女はとても真っ当な人間と言わざるをえない。

曲がりなりにも浮気などさせるべきではない。

(でも……)

星一は考え、覚悟し、決意した。

「……日和ちゃん、聞いてくれるかな」

彼女の横から寄りそい、手を握る。

「俺、隠してることがあった」

「隠し事……ですか」

「俺が離婚したのは、相手の女性を……門馬礼司に寝取られたからなんだ」

日和は目と口を丸くした。

(真貴子さん、芳花さん、栄美ちゃん、ごめん)

計画は頓挫《とんざ》するかもしれない。

けれどこのままではたぶん、彼女を味方にできない。まだ心も体も預けてもらっていないと感じたのだ。積み重ねてきた女性経験からくる勘《かん》だ。

真っ向から無垢さに向きあって、はじめて開かれる扉がある気がした。

「星くん……」

「俺は許せないんだ。俺の幸せをメチャクチャにした男がなんの清算もしないで幸せになるのが。金持ちの娘さんと婚約して、ほかの女を食い物にしながら、会社でも出世してなにもかも手に入れて……そんなの不公平すぎる。そんな私怨だ」

星一は彼女の手を握る力をすこしゆるめた。

彼女のほうから手を放せば、それでおしまい。

日和のリアクションを待つ。

しばしのあいだ、たがいの呼吸音だけを聞いていた。

やがて彼女は身を起こし、ベッドのうえに正座する。手は放さずに、ぺこりと頭をさげてきた。

「星くんって呼び方、ちょっと背伸びしてたかもしれません」

「背伸び……なのかな。むしろ子どもっぽくない？」

「年上相手にくん付けだと対等っぽいかなって……ごめんなさい、生意気で」

なにが生意気なものか。謝る必要などどこれっぽっちもない。

「あと、星くんがいい匂いするから、えっちしてもいいかなって思いました。恋人が、婚約者がいるのに。まだ未練があるのに、不貞でした」

でも、それは違う――と言いかけた言葉を星一は飲みこんだ。

彼女が強く手を握ってきたからだ。

「私、決めました。礼司さんと別れます。心置きなくセックスしたいから」

「いいのかい？　ラブホテルでそこまで決めちゃって」

「よくないかもです。でも私、星くんとセックスしたいです。大切なひとに裏切られた者同士……ダメ、ですか？」

日和の童顔はいままでよりも和《やわ》らいでいた。

正座しながら膝をほんのり開く。心が開かれたのだ。

要因は複数ある。体臭の相性。浮気された者としての共感。その場の勢い。そのうえで、正面から向きあったのが最大の原因だろう。

「俺も日和ちゃんとセックスしたい。本音だよ」

「それはわかります。だって、ものすごくおっきくなってますから」

彼女はくすりと笑う。

ペニスは隆々と天を衝《つ》いていた。

「じゃあ……しようか」

「はい。決別のセックスですね」

ふたりは手を取りあった。

スマートフォンのカメラを録画モードに。

ベッドを正面から捉えるポジションに設置。

画面の中心には日和の姿がある。ホテルにきたときの服を着直して、ベッドにぺたりとアヒル座りしている。

「いえーい……ぴーすぴーす、礼司さん見えてますか？」

両手でVサイン。お嬢さまらしからぬ俗な仕種で可愛らしく言う。

「今日は礼司さんに大事な話があります」

笑顔がほんのり曇るが、それでも彼女のセリフに淀みはない。

「別れましょう、私たち。別れます。もう決めました。婚約破棄です」

言いきるとむしろ曇りが晴れた。

スッキリと気負いをなくした様子で「あはは」と笑う。

「だって礼司さん浮気者だし。私が卒業したら結婚しようって言ってくれたけど、それもお金目当てなんですよね？　私みたいな背が低くて子どもっぽい女は抱く気にもなれないんですよね？　だからそこらじゅうでいろんな女のひととセックスして……いろんなひとを傷つけてる。それ、ひどいことです。私、そんなひとと結婚なんてしたくありません。そんなひとが愛を囁いても信用できるはずありません！」

最後は語気が荒くなった。

こほんと咳払いをし、にっこり笑う。

「私はこれから、この方とお付き合いします」

のっそりとベッドにあがる筋肉はもちろん星一である。

彼女の横に立ち、顔の近くで肉棒を脈打たせる。

にぎ、と日和の手が絡みついた。

「藤田星一さん……とっても誠実で、私を喜ばせてくれて、いい匂いがするひとです。

これから清水屋日和はこの方と……ラブラブえっちしちゃいまーす」

にぎ、にぎ、と手に力をこめつつ、日和は視線をペニスにくれた。いざ触ってみて熱さに驚き、太さに驚き、硬さや脈動にも驚いている様子。

「おっきい……私、壊れちゃうんじゃないかな」

生唾を飲むのはメスの本能かもしれない。

星一が頭を撫でてやると、目を細めてうっとりする。

星一がその場に腰を下ろして目線を合わせると、無言で見つめあう。

どちらからともなく顔が近づいた。

ふたりはキスをした。

最初は唇をくっつけるだけの子どもじみたキス。

次に唇を優しくくわえると、ゼリーのような柔らかい弾力に心躍った。

唇のわずかな隙間から舌を入れれば、小さなナメクジが驚いて逃げ出す。星一は慌てずに追いつめ、絡めとり、ほの甘い少女じみた舌を堪能《たんのう》した。

「んっ、ちゅっ、じゅくっ……んっ、はあ……こんなキス、はじめて……」

日和がうっとりと呟く。門馬礼司ともディープキスの経験はないのだろう。

お嬢さまの初物リップが滅法美味い。やめられない。

星一はキスをしたまま乳房を優しく揉んだ。ブラウスは着ているがブラはつけていないので乳首が浮いている。人差し指でコリコリといじりながら、乳肉を揉む。その反応もやはり初々しく、礼司に触れられたことはなさそうだった。

「あっ、はあッ……ちゅっ、ちゅっ、くちゅっ……じゅるっ、れろぉ……」

お嬢さまはおっかなびっくり舌を使いはじめた。

その拙《つたな》さがまた星一の胸を打つ。考えてみれば、キスすらまともに経験のない女性は初めてではないか。

無垢な白地を自分の色に染めあげていく悦び。

それは同時に復讐の快楽を生み出すものでもあった。

（門馬礼司、これを見てどんな気分だ？）

現在撮影している動画を見せたとき、きっと彼は憤怒《ふんぬ》と絶望に染まる。

手を出すことすら躊躇うほど愛した存在を奪われているのだ。本当はだれよりも自分がしたかったことを他人に横取りされて、傲慢なあの男が耐えられるものか。

――思い知れ。

自分が味わった屈辱を返すべく、星一はさらに手を伸ばした。

スカートをまくり、ほんのり開いた細脚の合間へ。

「あっ……」

日和はみずから膝を開いて愛撫を受け入れた。あるいはカメラの向こうの礼司に見せつけるためかもしれない。

ショーツはすでに脱ぎ捨てられていた。

なんの障害もなく星一の指先が女の園に到着する。

無垢な令嬢の秘処は閉じきっていた。触ったかぎりは肉ビラもはみ出していない。少女のままの造形だが、ツルツルの大陰唇はべったりと濡れている。

縦割れのラインを指の腹でなぞると、彼女の舌が硬化した。

「あっ、はう……！」

「おま×こ触ってるよ、日和ちゃん……ちゅっ、ちゅくッ」

「あうっ、んちゅッ、ちゅじゅっ、んんんッ……！」

受け入れはしても緊張はするのだろう。裂け目を撫でるたび彼女のキスは止まり、あるいは震えをきたす。他方の手で胸いじりもしているので、乳首責めに反応することも多々あった。

小柄な令嬢のメスぶりはカメラにしっかり撮られている。

これが彼女なりの、礼司の不貞に対するケジメだった。

だからけっして星一を拒絶しない。なすがまま——いや、むしろ積極的に股を押し出してくる感もある。

彼女の覚悟に応えるべく、星一は指先を秘裂のなかに埋めた。

「ひゃひッ！」

「すっごい濡れてる」

くちゅりと潤滑に歓迎されて、指が盛んに動いてしまう。大陰唇に押しこまれていた小陰唇をかき分け、頂点の陰核を確認。秘処が小さいだけにクリトリスも小さいが、包皮越しに触れた反応はとびきり大きい。

「ああッ……！」

日和がのけ反った勢いで口が離れ、唾液が長く糸を引く。

泡立った糸をたぐるようにして星一がふたたび唇を奪い、舌を絡めた。

「はむっ、ぐちゅちゅっ、じゅぱぢゅぱっ」

「あぇえぇッ……んちゅ、ぢゅるるっ、ぐちゅっ、ぢゅくッ」

さきほどまでより舌遣いが情熱的だ。股ぐらをいじられて興奮しているせいだろうか。だとしたらますます触り甲斐がある。

親指でクリトリスを擦りながら、人差し指でこぢんまりした膣口を押さえる。

「はっ……！　ぁあ、星くんっ……！」

花園の蜜門は固く閉ざされているかに思えた。

だが強く押してみると存外あっさりと指先を飲みこんでいく。

「あぁ、はあ……！　入ってくるぅ……指、ゆびぃ……！」

「もしかして日和ちゃん、オナニーで指入れてた？」

「は、はい……指とか、ペンとか、入れてました……あんっ」

「なるほど、それで」

処女膜らしき障害はすでにない。痛みもなさそうだ。

星一の指は締めつけられながらも奥へ奥へと沈んでいく。柔らかい襞と硬めの粒々が多くて愉しい穴だった。

「はあっ、ああっ、そんな、そんなに深く……！」

「まだまだだよ。いや、もうちょっとかな……日和ちゃん小さいから、おま×こも小さくて……お、これが奥かな」

人差し指が根元まで入ったところで、指の腹をくいっとあげる。

コリッと弾力のある塊が出っ張っていた。

「ヒッ、あぁあああッ……！」

ビクンッ、ビクンッ、と日和は痙攣気味にのけ反り、仰向けに倒れた。

膣内に濃厚なとろみがあふれかえる。

「子宮口に触られただけでイッちゃうのか。すごい感度だね」

「だ、だって、いまの、なんだかヘンでした……知らない感じでした……」

「脚もっと広げて。ポルチオアクメもっと見せてあげようよ」

「え、ぽるち、おひッ！　ぁああッ、やだぁあ……！」

日和は顔を手で覆ったが、言われるまま脚をM字に開いて見せた。

無毛の秘処——剃《そ》り跡もない天然のパイパンをカメラに晒す。

そこに星一が指を突き立て、ぐりぐりと子宮口を圧迫。快楽が彼女の腰を押しあげて、背筋が反り返る。

「外から刺激を与えても気持ちいいんだよ」

星一はヘソと膣のあいだをトンと軽く叩いてやった。

「ひぃいいいいッ！」

プシャッと股から潮が噴き出した。

星一はすばやく指を抜きつつ、外部からの子宮口《ポルチオ》責めを続行。

トントンと叩いて、ぐうぅーっと圧迫。

ぱ、と離す。

「あッ、あああッ、いやいや、見ないで星くんッ……んんんんぅうッ！」

ぷしゃぷしゃと潮を噴く。

子宮口と尿道が完全に同調しているらしい。

「この癖はさすがにアイツも知らないよね」

「だれも知りませんッ……私だってこんなの初めてで……アッ、あぁああッ」

ふたたび指を入れて、今度は入り口をすこし強引に押し開く。いまのままでは狭くて挿入時に痛みが走るかもしれない。

「ポルチオアクメできる子はきっとセックスが愉しいよ」

「んっ、あっ、はあ……た、愉しい、ですか？」

「激しく突かれてもイキやすいからね。動物みたいに激しいセックス、してみたくない？」

問いかけながら体外ポルチオを仕込む。

「ひっ、ああッ、したいっ、してみたいッ、ぁあああッ……！」

日和は処女とは思えないイキぶりを散々に披露した。

膣口もだいぶほぐれた。

星一は彼女の呼吸が整うまで待ってやった。

「それじゃ、そろそろ本番いこうか」

「は、はい……セックスの本番、しましょう」

星一は彼女の頭を撫でてやり、スマホに一瞥《いちべつ》をくれる。

いずれこの映像を目撃する敗北者への嘲笑を口の端に浮かべて。

「これから日和ちゃんの処女をいただきます。存分にお楽しみください」

日和は服をすべて脱ぎ捨てると、ふたたび仰向けになった。

「恥ずかしい……」

羞恥に震えながらも、彼女はすべてを隠すことなくさらけ出した。

美しい体だった。

小柄で細身の体はまるで妖精のようだが、人間的な肉感もたしかにある。胸が大きいから、というだけではない。若々しい肌の張りが皮下脂肪を適度に引きしめ、ほのかな起伏で女性的なラインを慎ましく表現しているのだ。

「すごくいやらしい体だね」

「興奮しますか……？」

「すごくする。ほら、こんなに勃起してるよ」

「わあ……血管が浮かんで、すっごく怒ってるみたい」

「うん、怒ってるよ。こんなに興奮させた日和ちゃんをめちゃくちゃに犯したいってキレそうだよ」

「まあ恐い、犯されちゃいますー」

冗談めかして笑いあうが、興奮はまったく収まらない。

はやく抱きたい。犯したい。

「本当にえろい……このちっちゃいおま×こぶち抜きたい」

星一はあえて下劣な言葉を選んだ。日和を褒めるにしても綺麗だとか可愛いという言葉は避ける。彼女が礼司に求めて得られなかったものは性的興奮である。それを全力で与えることで礼司の宝物を奪うのだ。

「そろそろ……ハメるよ」

「はい……ハメちゃってください」

彼女の脚を開かせ、そのあいだに膝をつく。

カメラには男の背中と尻ばかり映って、女の姿は脚しか見えない。それがますます彼女を小さく可憐に見せるだろう。

門馬礼司の愛する純真無垢な妖精に、星一は下劣な巨根を押しつけた。

「はっ……！　あぁあ、熱い……！」

「なにが熱いの？」

「ち……×ぽ、熱い、です……！」

「どこに当たってる？」

「おま×こ、です……！」

どろりとあふれた蜜汁が亀頭を濡らす。

卑猥な言葉を口にすることで得られる昂揚感を日和はもう知っているのだ。

彼女のそんな一面を門馬礼司はこの映像で初めて知るだろう。

——ざまあみろ。

興奮が血流を速めて海綿体が膨れあがる。痛いほどに腫れた肉棒を、一刻もはやく挿入したい。憎い男の大切な宝物に。

もう我慢できない。

「んッ！　ぁああ……！」

肉棒を押し進めれば、存外に柔らかく入り口が開いていく。撮影前に時間をかけてほぐしておいたにしても想像以上に柔軟性があった。

はむはむとペニスに噛みつきながら、とろとろと愛液を垂らす。

「おいしそうにチ×ポ食べてるね。気持ちいい？」

「は、はい……いえ、まだちょっとわからないかもだけど……押し開かれて、引っかかる感じがあって……でも、痛くはないです」

「よしよし、ちっちゃいのにデカチン食べられて偉いね」

星一が頭を撫でると、こわばっていた日和の表情が和らぐ。やはり緊張はしているらしいが、挿入は深く深く進んでいく。

「お、このあたり気持ちいい……！」

ちょうど裏筋に当たる位置に大きめの突起がある。穴が狭いので強く押しつけられて強烈な刺激を生んでいた。しかもそれ自体が敏感で、執拗にこすっていると日和の体が着実に熱くなっていく。

「あんッ、ああッ、そこダメですっ、だめっ、ぁああ、感じちゃう……！」

「だいじょうぶだよ、もっと気持ちいい場所もあるから」

すでに実感があった。この小さな秘裂はもう一息で最奥だと。

星一は挿入の角度を傾《かたむ》け、上向き加減にねじこんだ。

「ひッ！　んんーッ！」

とっさに口を固く閉じるも、うめき声は押し隠せない。

「全部入った……日和ちゃんのおま×こ全部俺のものにしたよ」

穏やかな口調を装っているが、星一の内心は歓喜に染まっていた。

清水屋日和の処女は永遠に門馬礼司のものにはならない。

たった一度の初体験を藤田星一が手に入れたのだ。

「あぁ……うれしい……！」

日和は星一の手を取り、頬ずりした。

「私、星くんが初めての相手でよかった……」

「ほかのだれでもなく？」

「だって星くんって、優しいのに全力でえっちなことしてくれるから……私のこと女として扱ってくれるから」

「こんなにいやらしいおま×こしてるのに、女扱いしないほうが失礼だしね」

亀頭が子宮口に触れたまま緩くグラインドする。その振動は初体験の性感神経を揺さぶり、たしかな愉悦を与えていた。

自然と日和の細腰は切なげによじれ、喘ぎは鼻にかかっていく。

「んーッ……んっ、ぁあああッ……！」

「初めてでポルチオ性感がしっかりあるの、本当にエロすぎるよ」

言葉で快感を意識させながら、星一は彼女の下腹に手を置く。そろえた指の先をぐっと押しこめば、子宮口と亀頭が深く密着する。

「ひんッ！　んーッ！　んぃいいッ……！」

嬌声が跳ねあがった。

膣内がぎゅむぎゅむと窄まり、小尻がガクガクと上下する。

絶頂の証だ。

「日和ちゃん、もう奥イキしちゃったんだ」

「おく、いき……？」

「子宮口でイッちゃうことだよ。さっきも言ったけど、これができると激しいプレイを愉しみやすいんだ。奥まで突かれたら気持ちいいでしょ？」

「で、でしたら、ぜひ……！」

日和は呼吸を乱しながら、潤みきった目で見つめてくる。

「激しいのって、すっごくえっちだと思うんです……動物の本能みたいで、けだものになったみたいで。そういうセックスで、気持ちよくなりたいんです……」

彼女は全力でセックスを満喫しようとしている。

きっと淫乱の才能があるのだろう。

礼司が知らなかった、令嬢の意外な一面だ。

「じゃあ激しくしていくから、つらかったら言ってね」

「はい……！　気持ちよかったら、たくさんえっちな声をあげます……！」

星一はゆっくりと腰を引いた。

亀頭のエラがひっかかるまで後退し、竿肉が白い液にまみれているのを確認。どう見ても本気汁だった。初体験とは思えない感じ方である。

「チ×ポのことしか考えられないドスケベ女になれよ、日和！」

腰を叩きつけた。

「ぁひッ！」

すばやく引いて、突く。

どちゅん、どちゅん、と粘っこい水音まじりに突く。

突いて突いて、突きまわす。

「ひんッ、ひあッ、あああッ！　あーっ！　あーッ！」

日和の声に苦痛の気配はない。

「はえっ、おひッ、あえぇえッ、んぇえッ」

普段のおっとり口調とはまるで違う、甘美に上擦ってだらしなく歪んだ悦声。

顔も愛らしくも猥褻に歪んでいた。

胸で暴れまわるふたつの肉房は先端をこれでもかと尖らせている。

初物の蜜穴はどれだけ抽送しても擦り切れないだけの液量を保っている。いや、ますます量が増している。星一の股もベッドのシーツまでグショグショだ。

「セックスのために生まれたような女だな……このエロ穴めッ！」

「あぁあッ！　あーッ！　そうなんですっ、穴なんですッ！　おち×ぽずぼずぼするための穴だから、いっぱい使ってほしかったんですっ！」

卑猥な言葉で自分を昂ぶらせるのも堂に入っている。

彼女の淫らさに応えるべく、星一はますます荒ぶった。

「使ってやる！　俺が使ってやる！　俺だけが使う穴だッ！」

彼女の脚を持ちあげ、小さいが形の良い尻を浮かせた。

やや位置が高く、そして上を向いた秘処を、力のかぎり滅多打ちにする。

「あぁあーッ！　それッ、それ、ヤバいですッ……！」

「当たるだろ！　子宮に思いきり当たるだろ！　ここはもう俺のものだ！」

前のめりになり、日和の細脚を体で押さえつけた。

さらに彼女の頭と肩を強くつかむ。どちらも作りが小さい。男女のサイズ差を考慮してもなお小さくて、壊れそうで、むしろ壊してやりたいと思える。

がっちり固定したまま渾身で抽送した。

小柄で華奢な少女じみた体を身動きできなくして、徹底的にハメ尽くす。

「あぃッ、ぃいいッ、ああーッ！　イクッ、イックぅううッ！」

日和の腰と膣内が極まった肉震えに満たされても、なお星一は動きを止めない。

なまじ停止すると、おそらく耐えられない。

きっと一度に快感が押し寄せてくる。

(すごい、こんなに気持ちいいなんて……！)

初物の膣をなめていた。

締まりが良いだけでなく、ぬめりもビクつきも良い。

さらに裏筋を刺激するイボ。亀頭にぶつかる子宮口も気持ちいい。

すでに星一はいつ決壊してもおかしくない状況だった。

絶え間なく動くため肉棒が燃えるように熱い。

「イッてるっ、イッてますッ！　あぁあッ、狂うっ、狂ぅううッ！」

日和はすっかりおかしくなっていた。

想定よりはるかに濃密な絶頂の連続に鼻水とヨダレまで垂らしている。

みっともないほど崩れた童顔を美しいと思う。これまで抱いてきたどんな女性よりもいとおしいと思う。

「日和は俺のものだ……！」

スマホにも録音されるよう大きく宣言して、彼女の唇を貪った。

「んむッ……！　れろれろッ、ぢゅっぱ、じゅぱッ、べろぉおおッ……ちゅぱッ」

日和も舌を絡めてきた。

ときおり快感に耐えきれずに舌が強ばるのも可愛らしい。

ほの甘い唾液を味わいながら、下の口をえぐりまわす。先ほどまで処女だった相手にすることではない。

（でも、それが彼女の望むことなんだ）

門馬礼司は一方的な理想を日和に押しつけていた。彼女の本質を見ようとせず、望むものを与えなかった。

こんなにも気持ちいいことをしなかった。

「ぐっ、うぅ……！」

星一の下腹から腰と太ももまでが甘い電流で焼けた。

これ以上は耐えられない。

「出すぞッ……！　中に出すッ、おま×こに出すぞッ！」

「出してっ……！　ぁあぁッ、星くんのせーえきっ！　ほしいっ、熱いせーえきッ、いっぱいくださいッ！　出して出してッ、ぁあああッ！」

日和は星一の首を抱きしめてきた。

ふたりはとびきり深く舌をかき混ぜあい、たがいに腰をぶつけあった。

どむりッ、と子宮を叩き潰した、その瞬間。

「ひぁああッ！　あへッ、ぇあああッ……！　んぁあああああああーッ！」

膣肉の急激な収縮でペニスが搾りあげられた。

星一の忍耐がすべて弾け飛ぶ。

射精した。腰が吹っ飛んだように思えるほどの快感が炸裂していた。

小さな肉壺では収まりきらず、すぐに結合部からあふれ出す。ギチギチに隙間のない穴なので、ぶぴゅるぶぴゅると派手に漏出音が鳴っていた。

「あー、気持ちいい……！　日和のま×こは最高だ……！」

「星くんのおち×ぽも……！　最高ですっ、すっごく気持ちいぃッ！　ああッ、また出てる！　いっぱいせーえき出てますっ！　ぁああッ、好きっ、好きぃッ」

日和は熱烈に星一の口を吸った。

スマホカメラにはふたりの尻と結合部しか見えないだろうけれど。

小さな体が押しつぶされ、びゅぶびゅぶと白濁があふれている。その光景に悪辣《あくらつ》なヤリチン男はなにを思うだろう。

ほかの女ならいざしらず、傷ひとつつかないよう大事にしていた宝物だ。

気が狂うほどのショックを受けるのではないか。

(あのときの俺みたいに)

ざまあみろという気持ちのままに、星一は腰を引いた。

「あっ……やだ……もっとハメててほしいです……」

「ダメだよ、計画どおりにしなきゃ」

星一は彼女の上体を起こさせ、脚を思いきり開かせた。

半開きで閉じなくなった秘処から、どぷり、どぷり、と液汁が漏れ出す。

「えへへ……清水屋日和、藤田星一さんのものにされちゃいました」

笑顔でダブルピースをする日和。

星一は彼女の頭を撫で、乳房を乱暴に揉みしだく。

完全に彼女を手に入れた証拠を映像に残すのだ。

「さあ……まだまだもっとセックスしようか」

「はい！　私、もっともっと星くんにハメてもらいたいですっ」

ふたりは抱きあい、体位を変えてふたたび交わりだした。

制裁と救済のセックスである。

星一と日和は共犯者であり、復讐者であり、本物の恋人となったのだ。

第六章　復讐寝取りの果て

知らない番号からの電話にピンと来て、通話を承諾した。

いきなりの怒鳴り声で耳がキーンと鳴る。

「はい？　どちらさまですか？」

『どちらさまじゃねえよ！　ふざけんなこのクソ野郎！　このレイプ魔が！　訴えてやるぞ！　絶対に刑務所にぶちこんでやるッ！』

「よくわからないんですけど。落ち着いてお話できませんか？」

『よくも日和をヤリやがって！　俺の女をよくも……！』

怒りに我を忘れた声だった。音割れするほどの声量に、昔の星一なら平謝りしていたかもしれない。だがいまはひどく冷静に、優越感すら覚えていた。

彼は計画通り姉と妹に例のハメ撮り動画を見せられたのだろう。

履歴《りれき》が残らずダウンロードもできない形で。

この世で一番大切なものが他の男に穢され、奪われる光景を。

(俺が何度も悪夢で見た光景だ)

怒る気持ちは理解できるが、同情はできない。ざまあみろと思う。脳が泡立って溶けるほどに痛快だった。

「清水屋日和さんは私のものですが、なにか誤解があるのではありませんか?」

『ふざけんな！　日和は卒業したら俺と結婚するんだぞ！』

「口約束でしょう。婚約指輪も渡してないでしょう。それに婚約者を放置してほかの女と浮気三昧《ざんまい》していた男が、いまさらフラれてなにを言ってるんです?」

『ほかの女は遊びなんだよ！　日和だけなんだよ！　俺には日和だけなのに……』

「上島美玲と仲良くすれば良いのでは?」

『だからアレも遊びだ！　あんな腰遣いしか価値のないクソ女！　おまえの嫁は最悪だ！　二言目には金、金、金！　セックスと金しか興味がねえゴミだ！　おまえみたいなクズにお似合いのアバズレだ！　日和とは違う！』

「アバズレを引き取ってくださってありがとうございます。私は日和と幸せになりますので。あ、結婚式には招待できませんので」

『ふざけんなッ！　殺してやる！　ブッ殺す！　絶対に殺すからな！』

いまごろイケメンの顔は無残に崩れきっていることだろう。

それを想像すると笑いがこみあげてくる。

『死ね！　死ね！　死ね！　死ね！』

語彙力が完全になくなっている。これ以上の会話は無意味だ。

「それでは失礼します」

一方的に通話を切り、番号を着信拒否に。

確認のため、アプリで録音しておいた音声を再生。通話開始から終了までの会話内容がしっかり収録できていた。


数日後には見知った名前から電話があった。

『もしもし、星一？　美玲だけど』

「うん、どうしたの？」

『あんたやるじゃない。礼司くんからあの女を寝取るなんて』

元妻はけらけらと楽しげに笑っていた。

『あんなつまらない女、礼司くんよりアンタ向きよね。まあどうせすぐフラれるんでしょうけど。礼司くんが私のものになったから褒めてあげる』

どこまでも頭の軽い女だと思う。状況をまったく理解していない。

「礼司の様子は？」

『すっごく沈んでる！　私にすがりついて泣きじゃくったり、とっても可愛らしいのよ……うふふ、これでもう礼司くんは私だけのものね。社長夫人になれるのはいつのことかしらねぇ』

「社長夫人……？　なんの話だ？」

『だからぁ、礼司くんは会社で出世頭でしょ？　このまま昇進していけば社長間違いなし！　あんたと一緒だったら一生手に入らないようなセレブ生活が私を待っているのよ！　幸せすぎて泣いちゃいそう……！』

頭が軽いなんてものではない。現状のなにをどう想像してその結論にたどりついたのか、星一には理解できなかった。

「礼司が日和に婚約破棄されたのは知ってるんだよな？」

『知ってるわよ？　それがなに？』

「社長令嬢の日和と婚約しないで社長になるのは難しくないか？」

電話の向こうで美玲は爆笑した。

とんでもなく馬鹿なことを言われたというように、侮《あなど》った調子でしゃべりだす。

『あなた礼司くんをなめてない？　あの女を落としたのはきっかけがほしかっただけ。もう会社内で立場を固めてるから、あとは昇りつめるだけよ』

「だれが言ってたんだ、それ」

『礼司くんに決まってるでしょ。これから収入もどんどんあがるから、私が貸したお金だって何十倍にもして返してくれるって』

浅慮《せんりよ》にも程がある。なんでこんな女と結婚していたのだろうと笑えてきた。

結局、礼司にとって美玲は金づるであり都合の良い穴でしかないのだ。

「そうかぁ。礼司はすごいんだな……幸せになれよ、美玲」

『大きなお世話よ。あなたはもしあの女にフラれなくても、どうせ会社は礼司くんのものなんだし、おしまいでしょうね』

「ご心配どうも。おまえも大変だろうけどがんばれよ」

電話を切り、着信拒否設定にするかすこし悩んで、やめておいた。

たぶん彼女の声はまた聞くことになる。

それも今から楽しみだが、差し当たってはもっと大切なことがある。

恋人とのデートだ。

星一と日和のデートには決まり事があった。

午前中に合流し、ランチを食べ、午後すこし遊んだらホテルへ向かう。

そこで行う行為を撮影することだ。

スマホでなく専用のカメラを買っておいたので画質も向上した。

その日は前戯を重点的に撮影することにした。

「さあ、上手にできるかな」

星一は上から彼女の童顔をスマホで撮る。新調したカメラは横に設置したが、それとは別アングルでも記録しておく。

ご令嬢のおっとり顔を見下ろし、逸物を目の前でブラブラ揺らした。

仁王立ちの星一に対し、日和は床に膝立ち。

「あっ、あっ、あっ、そんなに揺らされたら上手くできません」

「手で持ってみて」

「あ、なるほど！　こうですか？」

細指が恐々《こわごわ》と肉棒に絡みつくが、すぐに無駄な力が抜けていく。

「あったかい……私、これ好きかも」

「日和をたくさん気持ちよくしてあげたモノだからね」

「はい……ありがとうございます」

日和はわざわざ会釈してから、ちゅ、と亀頭に感謝のキスをくれた。

ちゅ、ちゅ、とキスをつづけてから、上目遣いに星一を見る。

「なめるのですよね……？」

「ああ、唾をたっぷりつけてね」

「はい、唾ですね……」

いったん口を閉じ、しばし口周りを蠢かせる。

唇を開けば舌上に泡立った唾液がたっぷり乗っていた。それをそのまま、ペニスの裏筋に押しつけてくる。舌をいっぱい使う思いきりのよさに、星一はたまらず腰を震わせた。

「ちゅっ、くちゅっ、れろ、れろ……あ、そっか」

なにかに気付いたのか、日和の舌遣いが変化する。顔ごと傾け、亀頭全体に舌を巻きつけるような大胆かつ粘着質な動きに。

「そう、ディープキスするみたいに絡めていくんだ……！」

「ん……おち×ぽに好き好きって気持ちを込めてキスをする感じですよね。ちゅううーッ、ちゅむっ、ぐちゅちゅっ、れろれろぉ……！」

亀頭に収まらず、逸物全体に舌が伸びていく。

形をなぞり、出っ張りや窪みをつぶさにいじる。その間、星一の顔色を確かめることも忘れない。反応が大きい場所を集中的になめ吸う。

「んちゅっ、くちゅちゅッ……ふふっ、私、これ好きです」

「よっぽどチ×ポが好きなんだな」

「それも好きだけど……私が星くんを気持ちよくしてる実感があるというか。熱くなったり震えたりするのを舌で感じて、うっとりしてる顔を見てると……愛しい気持ちがとっても大きくなるんです……えへへ、ちゅぢゅッ、ぢゅるるッ」

清水屋日和は飲みこみが早い。

亀頭を飲みこむのにもためらいがない。

小さなお口いっぱいに肉先を頰張り、口内を窄めて頭を振り摩擦感を生み出す。前後動でなく円運動なので、唇が竿に押さえつけられて隙間ができる。そこから唾液がこぼれても彼女は気にしない。星一の恍惚顔を見あげて、彼女自身もうっとりと目を細めている。

「くっ、ふぅ、うぅ……おいしい？」

「んちゅっ、ぢゅむっ、ぢゅるるるるぅ……ふぁい、おいひいれすっ」

「これからもたくさんチ×ポ愛してくれる？」

「ふぁい、あいひましゅ、じゅるるっ、じゅぱっ、じゅっぱぢゅっぱ」

「じゃあこれから出すのも飲んでね」

日和がうなずくのを確認し、星一は股間に意識を注《そそ》いだ。熱烈な愛情フェラで臨界点はとっくに越えている。太ももと肛門に力を入れて堪えていただけだ。

あどけない顔の歪みをスマホ越しに見つめ、あらためて感じ入る。

(可愛いなぁ、日和は)

小さくて愛らしく、少女のように無垢——しかも他人の婚約者だった女に、逸物をしゃぶらせている。なんて快美で心踊る光景だろうか。

星一は有頂天で絶頂に達した。

「イッく……！」

男の悦びが肉棒から迸る。

尿道が限界まで膨らむほどの大玉がドピュドピュと飛び出す。

たまらなく気持ちいい。阿呆《あほう》のように口を開けてよがり声が漏れた。

そうして吐出された濁汁を、日和はしっかり口で受けとめている。

「んぅうウッ……！　んぐっ、んむぅう……！　んぐぅ、んくっ……ごくっ」

彼女はためらいなく嚥下していた。愛しくて仕方ないというように、何度も何度も。

それでも量が多すぎて、すぐに柔《やわ》い頬が膨らんでしまう。

「顔にもかけるぞッ、俺のものだってマーキングしてやるッ」

星一は逸物を口から抜いて、陶酔する童顔に穢れをぶちまけた。体を鍛えたことで射精量も昔より格段にあがっている。いくらでも射精できた。

あっという間に顔面パックの出来上がりである。

「はひっ、はへっ、あぇえ……星くん、いっぱい……」

前髪まで汚されながら、日和は口を思いきり開け白濁の海で舌を泳がせていた。

もっとかけて、もっと飲ませて、と、手招きするかのように。


時には器具を使って責めることもあった。

三点責めである。

両乳首には舌状突起つきのカップ淫具。吸引しながら舌状突起でなめまわすと、それだけで日和はヒィヒィ鳴いた。

陰核も吸引となめ擦りを喰らわせる小さめのカップ淫具で責め搾り、膣には定番のバイブ。

「あひっ、ひいいッ！　星くんっ、だめッ、だめだめッ、これダメぇぇッ！」

日和はベッドでのたうつように悶え狂っていた。

快楽の嵐に飲みこまれた彼女は、抗えないままその身を晒している。

両手は頭のうえで手錠に拘束され、両脚は首と腿をつなぐ開脚ベルトで固定中。

目隠しまでされて闇の中にいた。

「いやッ、いやあぁあ……星くん、そこにいるの？　ああ、いやっ、こわいっ、怖いッ、ひとりでイクの怖いぃぃ……！」

もちろん彼女のひとりよがりはカメラとスマホで撮影中。

華奢な手足の痙攣も、バイブでこじ開けられた膣から漏れる本気汁も、快楽と恐怖に歪む口元も、なにもかも。

「いやあぁあッ、イッちゃうッ、イッちゃうぅう！　星くん、星くんっ、助けてっ、たすけてぇえッ！」

悲鳴が金切り声に近くなっている。快楽より恐怖が上回ったのだろう。

星一は彼女の膝を優しく叩いてやった。

「あ……星くん……」

愛する者のぬくもりを感じて日和が安堵した、直後。

「ひっ、ぁあああぁッ！　なんか出るっ、出ちゃうッ！　見ないでぇえ……！」

股ぐらから飛沫が舞い散り、カメラのレンズにふりかかった。

「潮噴いちゃったね……かわいいよ、日和」

「やだ、やだぁ……こんなの恥ずかしいですっ、あぁぁ、まだ出るッ」

大きな手で小さな頭を撫でられると、さらにプシャプシャと噴く。安心感ですっかり股が緩くなっているらしい。

羞恥と快楽に悶える姿が男の嗜虐心をそそった。

「ちょっとおっぱい使わせてもらうよ」

星一は日和の腹にまたがり、乳間に男根を置いた。

カウパー汁をたっぷり塗りつけると、左右に分かれた乳肉をつかんで寄せる。

しっかり挟んで、腰を振る。

「あっ、ぁあっ、おっぱい熱い……！」

「日和のおっぱい、柔らかくて気持ちいいよ」

「星くんのおち×ぽは硬くて、熱くて……気持ちいいです」

すでに彼女は星一の行為をすべて受けとめる精神状態にあった。

「恋人の体はぜんぶ気持ちいいものだからな」

「はい……星くん、好きです……星くんのおち×ぽも大好きっ」

ふたりは愛しあって恋人になった。

復讐計画のための偽装ではない。星一は本気で彼女を愛しく想い、日和もおなじ気持ちを抱いていた。

——たぶん彼との関係は恋人関係に憧れてただけの幻だったんです。

そんな言葉がなにより嬉しかった。

はじまり方は歪《いびつ》でも、本気の愛情が芽生えることはあるのだ。

「俺も日和が、日和のおっぱいが好きだよ」

「あんっ、ああッ、おっぱいでセックスするの好き……！」

リズムよく乳穴を突き、ぱちゅぱちゅと水音を鳴らす。抜群の乳圧に包みこまれて脳が多幸感に包まれていた。

愛らしい彼女の体で飛び抜けて女らしい部位との交合である。

自分が日和を女として、メスとしても愛していることを伝えたかった。

「イクぞ日和……！　俺の精子でおっぱいもマーキングしてやるッ」

「してッ、星くんのものにして……！　体の隅々《すみずみ》まで星くんだけのものに、ああっ、星くんの恋人につ、星くん専用のエッチな体にしてぇ……！」

ふたりは同時に腰を浮かせた。

完全に同期して、精液と潮が噴き出す。

ドロドロの粘り気が乳間を汚しつくし、サラサラの潮が宙を舞った。

「あああッ！　おっぱい熱いッ、おっぱいが星くんのものにされちゃうッ……！」

「もっと噴け！　パイズリで潮噴きッ……！　エロすぎるだろ、日和ッ」

星一はけっして彼女を子ども扱いしない。

綺麗で可愛いだけの籠の中の鳥で終わらせない。

全力で性欲対象にし、抱きつくして愛しあうつもりだった。


そんな映像を撮影しては門馬姉妹に送信。

真貴子と栄美が礼司に見せる。

「こうでもしないとあの馬鹿は理解しないでしょ」

「まだ自分は悪くないと思ってるみたいだしね、まだやめてやんない」

直接データを礼司に送らないのは、保存されて拡散されるのを防ぐためだ。あるいは日和の父親などに見せられたら、今度は星一の立場が危うい。

実物がなければ、いまの礼司の言葉を信じる者などいないだろう。

そして——裏で芳花がひっそりと調査していた件も一段落した。

「彼は横領していたのです。証拠は一通り集めました。あとは刑事告訴するか、内々で収めるにしても懲戒解雇《ちょうかいかいこ》は免《まぬが》れないでしょう」

もともと礼司は金遣いの荒い男だった。

高級車を好み、女たちに景気よくブランド品を与えていた。そうやって金持ちぶって女たちを勘違いさせていたのだ。

財布が空になれば「後で何倍にもして返す」と言って女にたかる。さすがにおかしいと気づく者が大半だが、一部の馬鹿は騙される。たとえば美玲のような。

「もうおしまいですね、彼は。すでに横領の噂も出まわってますし」

「でもまだ奥の手はあるけどね」

「星さんにがんばってもらった甲斐があるよねぇ」

芳花と門馬姉妹の復讐はクライマックスを迎えようとしていた。


予想通り、美玲はまた電話をかけてきた。

嫌味を言ってきたときと別人のような、舌っ足らずな媚びた声で。

『あなたとやり直したいの……ダメ？』

「ほう。なんで？」

『ごめんなさい、私が間違ってたの……本当にバカだった。星一が一番私のことを愛してくれてたのに、あんな詐欺師に騙されてしまって』

「門馬のこと？」

『そう！　あいつ本当に最低！　信じられない！』

媚び声が消えて激情的で攻撃的な声になる。

『あいつ警察に捕まったのよ！　犯罪者なの！　会社で横領して、クビになって、社長さんマジで怒り狂ってて！　犯罪者が娘に手を出しやがってって！』

「まあ、そりゃ怒るよな」

『でしょ、でしょ！　やっぱり星一だけよ、私のこと理解してくれるのは』

共感したのは美玲でなく社長に対してなのだが。

『しかもね、あいつ未成年に手を出してたのがバレちゃったの！』

もちろん知っている。

門馬礼司が未成年淫行をしていた証拠は星一が集めたのだ。

栄美の友人たちと体を重ねた理由のひとつにそれがあった。

彼女らが未成年のころのハメ撮り映像を手に入れたのである。

友人の友人に当たる形で、現在進行形で礼司と交わっている少女らにも接触。もちろん星一は手を出さなかったが、いくつかの証拠は入手した。

それらを門馬姉妹に託した結果が現状である。

ついでに礼司から星一への通話記録も警察に渡した。立派な殺害予告である。

『気持ち悪いわよね、ロリコンって。最悪。あんなのと一緒にいた過去ぜんぶやり直したい！　星一と結婚してた幸せなころに戻りたいよぅ』

とびきり甘ったるい声を出してきた。

いまの星一の耳にはおぞましい獣の鳴き声にしか聞こえない。

日和の自然体の声のほうがずっと可愛いし、耳に心地よい。

「俺にとってなかったことにしたい過去は、おまえと一緒にいた時間だよ」

『なんでそんなこと言うの……？　日和みたいなお嬢さま、絶対につまんないよ。私ならすっごくえっちなこととしてあげるから……星一がしたいこと全部！』

「日和と愛しあえれば充分だけど」

『でもでも！　星一、聞いたよ！　今度あの会社のＩＴ部門で偉くなるって！』

「外注仕事がちょっと評価されて雇ってもらえるだけだよ」

芳花の口利きもあって星一は来週から正社員となる。

新設されるＩＴ部門の部長は芳花が形だけの掛け持ちで務める。実質は星一が取り仕切ることになるだろう。

『すぐに昇進して偉くなるんでしょ！　忙しくなったら私が家でお料理作って待っててあげるから！　星一の大好きなものばっかり作ってあげる！』

「総菜ばっかり買ってくるおまえより日和のほうが料理うまいよ。もう何度も食べてるし、このあいだはいっしょに作ったりもした」

『なんでよ！　おかしいじゃない！　アンタなんかすぐフラれるのに！』

「フラれたとしてもおまえとヨリを戻すのだけはない」

『ふざけんな！　じゃあ金払え！　慰謝料払え！　あんたのせいで精神的に苦しんで離婚した私に有り金全部寄越せ！』

もはや取り繕うことも忘れた美玲の声に、星一は苦笑した。

「慰謝料のことをやり直すなら受けて立つよ。いまなら俺も余裕があるし、芳花さんから良い弁護士を紹介してもらったから。慰謝料払うのはどっちかな」

電話越しに怪鳥音が聞こえてきたので通話を切った。

愛するに値しない女だとあらためて思う。

彼女に費やす時間があれば日和だけを愛したかった。

星一はあらためて真貴子たちに関係の終わりを告げた。

「今までありがとうございました。でも俺、これからは日和とちゃんと付きあっていきたいんです」

複数の女性と関係を結んでいたのは妻も恋人もいなかったからだ。

結婚を前提に日和と交際するなら、ほかの女性との関係は清算したい。

彼女らは笑顔でそれを受け入れてくれた。

「いいんじゃない？　私も浮気とか不倫はたくさんだしね」

「日和さんを大事にしてください。彼女はまだまだ幼いところがあるので」

「もし別れたらまたパコろうね！　そうならないほうがいいけど」

その他の女性たちとは元々ワンナイトの関係である。再度の要請があっても恋人ができたことを伝えて断ればいい。

門馬礼司のような男にはなりたくないのだ。

懲役六ヶ月に罰金少々。

それが門馬礼司に課せられた刑事罰だった。

星一は個人的復讐としては服役期間の長さにはこだわらない。直接的に被害を受けた会社や未成年たちが満足できるようにすればいいと思う。

それでも胸がすいたのは、門馬姉妹からの報告である。

「あいつ骸骨みたいに激痩せしたのよ。さすがに相当堪《こた》えたみたい」

「兄貴もう完全に鬱《うつ》っていうか、ゴメンしか言えなくなってたね。出所してもしおらしくしてたら、多少は優しくしてやってもいいかな？」

一方、美玲は礼司に貢いだ金を取り戻すため裁判を起こすと息巻いている。

好きなだけ争ってくれと星一は思う。

もう礼司も美玲もどうでもよかった。


「……もう俺は日和だけだから。日和以外どうでもいい」

星一はスマホのメッセージ履歴を日和に見せて、そう伝えた。

美玲の浮気からはじまったことの顛末《てんまつ》をあらためて説明したのだ。

すべてをさらけ出し、覚悟をこめて伝える。

「日和、愛してる。ずっといっしょにいてくれ」

彼女はしばらく黙りこんでいたが、すぐにくすりと笑う。

「信じます。星くんは浮気なんてしないって」

「日和もしちゃダメだぞ？」

「はい！　清水屋日和は藤田星一だけを愛して、学校を卒業したら絶対に結婚します。ずーっと幸せなラブラブ夫婦でいるんです！」

「ああ、なろうな、ラブラブ夫婦に」

ラブホテルの一室。

夫婦のはずなのに、彼女が身につけているのはブレザーにプリーツスカート。中学時代の制服だそうだが、まったく無理なく着こなしている。強いて言えば胸だけはパツパツに張りつめているが。

「ほらっ、日和の大好きなヤツだぞッ！」

星一は制服姿の恋人を後ろから貫いた。

「あぁあああッ……！　幸せになっちゃうぅ……！」

ベッドサイドからベッドの縁に座った星一に腰を押しつけた姿勢。

両手首を星一につかまれ、正面に設置されたカメラを覗きこんでほほ笑む。

「見てますか、私と星くんのラブラブえっち……あんっ、すっごく激しくていやらしいセックスしちゃいまーす」

「すっかり撮影がクセになってるなあ」

「だって興奮するんですもの……！　星くんとパコパコハメハメして、私が動物みたいに下品な声をあげてるところ、だれかに見られちゃうかもって思うと……！」

ハメ撮りをする意味はすでにない。

見せつけるべき相手は塀の中にいるのだから。

ラブホテルのテレビには以前のハメ撮り動画を映している。そちらから聞こえてくる喘ぎ声に、日和はますます秘処を濡らす。

「あぁあッ、すっごくいやらしいッ……！　あんっ、あーッ！」

「そうだな、日和は世界一スケベなお嬢さまだ！」

「ぜんぶ星くんが悪いですっ！　んあっ、あああッ、こんなエッチなこと無知な私に教えて、ドスケベ女に仕立てあげた責任、ちゃんと取ってください……！」

「もちろん！　もっともっとエロい女にしてあげるよ！」

後ろから思いきり突いた。当然ただ突くだけではない。意識的に弱点を狙い、子宮口を穿つピストンだ。

「あへっ！　はヘッ！　もうイキそうッ、やだダメいきそうイキそうイッちゃうイッちゃうイクイクイクイグぅううううううーッ！」

カメラのまえで日和は頂点に達した。ヨダレを垂れ流しただらしない顔で。中学の制服で幼さが増しているので、ひどく背徳的な光景となっていた。

そのくせ膣内は熟女さながらの収縮でペニスをしゃぶりまわす。正常位では裏筋に当たるイボが肉エラに当たるのも効く。

「ふぅ、ふぅ……日和のなか、気持ちよすぎる……！」

「んっ、ふふッ、もっともっと気持ちよくなってください……中学生の日和にたくさんどぴゅどぴゅしてくださぁい」

わざわざ舌っ足らずな口調で言う。

無知で無垢で純粋だった令嬢が今ではメスの媚び方を覚えていた。

(俺が仕込んだんだ……！　俺だけの女だ……！)

ほかの男の手が付いていない唯一無二の女。

もう絶対にだれにも渡したくない。

星一は彼女の心を己に縫い止めるために徹底してよがらせた。

突きながら柔乳を揉む。ブレザーの下にブラウスは着ているが、ブラジャーはない。となれば、乳首を引っかく以外に選択肢はない。

「あぁーッ、あッ、アっ、そこキツいからダメぇ……！」

パツンっとブラウスのボタンが弾け、開いた隙間からむちっと肉が盛りあがる。背丈や腰は当時と変わらないのに、胸だけよほど発育したらしい。

うら若き肉体を弄《もてあそ》ぶ快感は極上である。

これから熟れゆくであろう肉体を好きほうだい撫で、揉み、鷲づかみにする。

手つきが乱暴になるにつれ、日和の身もだえが大きくなっていく。

「あんッ、あーッ、ひああッ！　すごいっ、激しいッ、レイプみたい……！」

「犯されるの好き？」

ささやきつつも小さな耳を噛み、なめる。

日和は喜悦に腰尻を震わせ、とろけ声をあげた。

「最近、想像するんです……！　この制服を着てたころ、もし星くんにレイプされてたらっ……！　そしたら、すっごくオナニー気持ちよくて……！」

いつの間にやらずいぶんとMっ気が強くなったものだ。すこしばかり嗜虐的な仕込みをしすぎたかもしれない。あるいは彼女の知られざる本性を暴いてしまったのか。

どちらにしろ礼司にはできなかったことだ。

「強姦してやるぞ、日和」

言って、若き熟乳を握り潰す。

「ひぁあああぁあッ……！　いやっ、レイプいやぁあッ……！」

「嫌がってもやめないからな……！　俺のチ×ポ忘れられなくしてやるッ……！　学校で勉強してるときも、友だちと会ってるときも、俺のチ×ポでま×こハメ潰されたこと思い出す体にしてやる……！」

たがいに演技を交えて燃えあがった。

星一は全力で秘処をえぐり返し、日和は力ない抵抗に身をよじる。

彼女の人生すべてを自分との行為で塗り替えるように。

自分の人生すべてを星一に捧げるように。

その様はカメラに収めている。何度でも再生することだろう。そして興奮し、くり返すように相手を求め溶けあう。狂おしくセックスして愛しあう。

「こんな気持ちいいレイプだめぇえっ……！　あんッ、あぁあッ……あーっ、あーッ、ァあーッ！　離れられないッ、星くんのものにされちゃうぅううッ！」

「なれッ！　俺のものになれ、日和！」

どちゅんどちゅんと荒々しく水音が爆ぜる。

子宮を殴りつけるような突きこみの連打に、双方の敏感部が甘く痺れだした。海綿体がぷっくり膨れ、壺肉がビクビクと蠢きだす。

「出すぞッ、日和出すぞッ……！」

「あぁああッ、イクイクッ、イグゥぅううぅぅーッ！」

ふたりは同時に呼吸を止めた。

全身が強ばり、全神経が股間に集中する。

震えあがった肉砲が火のように熱い粘汁を噴き出した。

それらすべてを淫口がごきゅごきゅと蠕動して嚥下《えんげ》する。

「あぁ……いっぱい出るッ、日和に中出しッ、最高だぁ……！」

「あついっ、すごいぃい……！　もっと、もっとほしいですっ、星くんのドロドロ、もっともっと飲みたいぃ……！」

唱うように酔い痴れる日和を、もっともっと抱きたいと思う。

星一は白く震える尻をつかみ、イキながら腰を振り出した。快感がオーバーフローして脳がバチバチと火花を散らすが、止まれない。

「もっと、もっと……！」

自分だけの女を永遠に抱いていたい。

そんな欲望が伝わったのか、日和は幸せそうに呟いた。

「ずっと星くんだけの女にしてくださいね」

エピローグ

五年の歳月は光陰のごとく過ぎ去っていった。

星一は順調に会社で出世した。ＩＴ部門あらため総合情報部の部長として、日々を忙しく過ごしている。

若くして役員の座も確実と見られているが油断はできない。

五年前の悶着から社長が慎重を期しているのだ。

「アレと違って君は信頼できると思っているのだがね」

「お気持ちはよくわかりますよ、お義父《とう》さん。それに俺はまだ若すぎますから、もっと経験を積んで、運良く席が空いていれば、といったところでしょう」

社長室でふたりきりのときは、社長を義父《ちち》と呼んでいる。数年前に比べると社長の眉間の皺も薄くなってきた。地道に実績と誠意を積み重ねてきた成果だ。

「今日は早く帰りたまえ。日和と会うのだろう？」

「ええ、久しぶりのデートです」

「まだ新婚気分が続くのかね。羨ましいものだねぇ」

「お義父さんも早く帰って、あの子の相手をしてやってください」

「むう」

社長が照れくさそうに掻いた頬はにんまりと緩んでいた。

今日、彼は妻といっしょに孫の面倒を見る。娘夫婦がデートに行くあいだ預かる手はずなのだ。

眉間の皺がゆるんだ最大の理由は孫息子の愛らしさかもしれない。


妻は喫茶店の奥のテーブル席で文庫本を読んでいた。

星一が正面に座ると本からそっと目をあげる。茶目っ気のある仕種《しぐさ》だ。

「時間ギリギリセーフ……忙しいのによくできました、星くん」

普段と違って「あなた」とは言わない。

服装も平素よりも若さを強調したミニスカート。

まるで出会ったころのような感覚があった。

「それじゃあしましょう、デート」

「ああ、いこうか」

喫茶店を出るとふたりは手をつないだ。

今日は子どもを親に預けてあるので、思いきり羽目《はめ》を外すのだ。

まずは映画館へ向かう。日和は意外にもホラー映画を好むので、血しぶきを散々拝むことになった。

次は夕食。創作和食店のムードたっぷりな個室に入り、見かけはいいが味はそこそこの料理に苦笑いをする。

「前のところのほうが美味しかったね」

「でもお店の雰囲気は私けっこう好きですよ」

ハズレをつかんで焦るほど浅い関係ではない。デートの失敗を笑いあえる程度には夫婦としておなじ時間を過ごしてきた。

食後はもちろんラブホテル。

子どものいる自宅と違って大きく声を出せる環境だ。

部屋に入るなりふたりは抱きしめあい、深く長くキスを交わした。これも挨拶程度。

しばし唾液を味わったら体を離す。

「またアレ使うの？」

「はい！　見ながらのほうがドキドキしますから」

星一は細君のご要望に従って、持ちこんだノートPCとテレビを接続。動画をテレビ上で再生した。

『あんっ、ああっ、これヤバいッ、すっごくヤバい……！』

今よりもすこし筋肉の薄い星一が、若い女を抱いていた。

小柄だがスポーツで引き締まった体つきの、当時大学生の女。

門馬栄美だ。いまでも日和と交流のある友人が対面座位でよがり狂っている。下から突いている星一も気持ちよさそうに息を乱す。

「栄美ちゃんとのセックス気持ちよかった？」

日和はベッドに腰を下ろすと、ミニスカートをまくりあげて股をいじりだした。黒いショーツの中央はどんどん湿ってより黒くなっていく。

星一は彼女の背後にまわり、服のうえからバストをフェザータッチ。ブラはキスのときに外させているので、膨らんだ乳首が布を押しあげている。

「はっ、あぁッ……！　答えて、星くん……これ、気持ちよかった？」

「ああ、気持ちよかったよ。はやく栄美ちゃんに中出ししたいって思ってた」

「んぅううッ……！　いいなぁ、いいなぁ……！　栄美ちゃんいいなぁ、私の星くんと私より前にパコパコして、こんなに気持ちよさそうな顔して……！」

嫉妬に燃えれば燃えるほど日和の股は湿度を増す。

過去のハメ撮り映像は夫婦のプレイのスパイスだった。

五年前、動画の全消去を止めたのは日和である。興味本位で見てみたいと、無邪気な好奇心を発揮した結果が「嫉妬は最高の媚薬となる」という発見だった。

『あぁーッ！　星さんのおち×ぽえぐすぎッ、ま×こ狂うっ、狂っちゃうぅ！』

「ああ、ああ、こんなに激しく……！　星くん、星くん……！」

もはや我慢ならないと、日和はショーツを横に分けて指を秘裂に突っこんだ。思いきり乱暴に出し入れして、潮のような勢いで愛液を飛ばす。星一は彼女の耳をしゃぶり、水音を直接鼓膜に響かせて追い撃ちとした。

『イクイクッ！　あー星さんのデカチン最高ぉ～ッ！』

「イクッ、イクイクッ！　あぁあぁッ、星くんっ、星くんッ！」

日和はテレビ内とタイミングをあわせて絶頂に達した。栄美だけでなく星一も彼女の若い胎内に精を注ぎこんでいる。それを日和は羨ましげに眺めながら、大げさなくらい腰を痙攣させた。

もちろん日和もたった一度のオルガスムスで満足はしない。

次は後背位。顔をテレビに向けたまま、星一が力強く突きまわす。画面内の栄美も四つん這いでよがり狂っている。

『やっぱりバックは激しいのがいいよね……！　あはっ、あんッ、あああッ、犯されてるって感じがいいッ、イイぃ……！』

「あんッ！　ああッ！　犯して星くんッ！　栄美ちゃんより激しくッ！　お願いしますッ、おま×こ壊れるぐらいめちゃくちゃにッ！」

お望みどおり星一は思いきり腰を振ってやった。五年間のジム通いで昔よりも筋力はついているし、なにより経験が段違いだ。全力で抽送しながら弱点の子宮口を的確に突き潰すことができる。

「ぁあああッ！　星くんすごいッ、本当にレイプみたいッ！　私犯されてるッ、星くんに強姦されてるッ！　ああッ！　あーっ！　あーッ！」

日和も学生時代から成長した。喘ぎ声はより粘っこく艶を増し、秘処の湿潤と締めつけも段違い。

一児の出産を経て尻腿が豊かに肉付いているため、星一が思いきり突いても衝撃をしっかり受けとめてくれる。

「すっかり犯されるための体になったな」

嗜虐的に言って平手で尻を叩けば、日和は歓喜の嬌声をあげた。

「はぁあああんッ！　そうなのっ、星くんに犯されるためのいやらしい体なのッ！　星くんだけのメスなのッ！　だから、だから、だからッ……！」

肩越しに振り向いて投げかけてくる視線は愛情と飢餓感に満ちていた。

「もう私以外とセックスしないで、星くん……！」

「当たり前だろ。日和は俺専用だし、俺も日和専用だ」

「嬉しい……！　星くん、好きッ！　愛してるっ、ずっと愛してるぅ！」

たわわな桃尻が嬉々として弾む。テレビでおなじように悦び踊る栄美の姿は、すでに彼女の視界に入っていない。

星一はさりげなくテレビの電源を消した。ここからはふたりの時間だ。

「なら受精しろよ、日和……！　子宮も卵子も俺のものだからな！」

日和の肩をつかんで上体を起こさせる。結合の角度が変わることで、Ｇスポットと子宮口をより狙いやすくなった。

「あぁーッ！　受精するッ、妊娠するッ！　また星くんの赤ちゃん産むうッ！」

喘ぎ声は喜楽に濁り高まっていく。打てば響くとはこのことだ。

ダメ押しに星一が責めるのは胸。

乳肉を揉みまわせば、やはり五年前よりボリュームがある。それればかりか感度も向上しており、乱暴な手つきでも彼女の腰がくねり膣がわななく。乳首を指で弾けば軽い絶頂に仰《の》け反《ぞ》るほどだ。

「ひいッ、あひぃいいいッ……！」

ぷしゃ、と乳頭から白い液体が弧を描いた。

「あれ、母乳……？　もしかして日和、おまえ……」

「ご、ごめんなさい、本当はもう二人目できてるみたいで……！」

「なんで言わないんだよ、このっ」

受精しろなどと言った自分が間抜けに思えてくる。腹いせに猛ピストンを喰らわせても彼女は悦ぶばかりだ。

「あひぃいぃーッ！　だって、驚かせたくてぇ……いつでも産んでいいって星くんも言ってたし、あんッ、あああぁッ！」

「だらしないおま×こになりやがって、お仕置きだッ！」

「ひあぁあああッ！　ごめんなさいッ、許してッ、許してぇえええッ！」

乳首をぎゅぎゅっと締めあげると日和の喘ぎがますます卑猥に色づいていく。

星一も本気で怒っているわけではない。我が子が増えるのは嬉しいことだ。しかし怒ってみせたほうがおたがいに燃える。

激情を股間にこめて全力抽送を叩きこんだ。

「ぁあーッ！　あーッ！　ぁあああッ……！　もう無理っ、ダメぇぇえッ！」

「謝れ！　孕みやすい雑魚ま×こでごめんなさいって言え！」

「孕みやすい雑魚ま×こでごめんなさいぃいいいッ！　んんッ、おひッ！　イクッ、イッちゃうッ、イクイグイグッ、イッぢゃうぅうううッ！」

日和の脳天が震え、つま先がぐっと強ばる。

星一は全力で子袋を突きあげ、妻への愛情をすべて解き放った。

「ごめっ、んなさいぃぃいッ！　イグぅううぅうーッ！」

愛する女は全身を律動させ、狂おしい蠢動で精液を搾りとる。まえに妊娠したときもこうして子種を取りこみ、受精したのだ。

「これから何度も孕ませてやる……！　日和は一生俺のものだ……！」

「はい……星一さんだけのおま×こです」

ふたりは口づけを交わした。

もちろん行為は終わらない。わざわざ我が子を義両親に預けてきたのだから、泊まりで徹底的に愛しあうつもりだった。

藤田夫妻の幸せな人生はいつまでも続いていく。

（了）

※本作品はフィクションです。作品内に登場する
団体、人物、地域等は実在のものとは関係ありません。

肉悦《にくえつ》のしかえし
〈書き下ろし長編官能小説〉
2024年5月20日初版第一刷発行

著者……………………………………………葉原　鉄

デザイン………………………………………小林厚二

発行所………………………………株式会社竹書房
〒102-0075　東京都千代田区三番町8-1
三番町東急ビル6F
email：info@takeshobo.co.jp
竹書房ホームページ　https://www.takeshobo.co.jp
印刷所…………………………中央精版印刷株式会社

■定価はカバーに表示してあります。
■落丁・乱丁があった場合は、furyo@takeshobo.co.jp まで、メールにてお問い合わせください。